CME

3rd Edition

Workbook 練習冊

繁體版

3

CHINESE
Made Easy

輕鬆學漢語

Yamin Ma

Xinying Li

Joint Publishing (H.K.) Co., Ltd.

三聯書店（香港）有限公司

Chinese Made Easy *(Workbook 3)* *(Traditional Character Version)*

Yamin Ma, Xinying Li

Editor	Zhao Jiang, Shang Xiaomeng
Art design	Arthur Y. Wang, Yamin Ma
Cover design	Arthur Y. Wang, Zhong Wenjun
Graphic design	Arthur Y. Wang, Zhong Wenjun
Typeset	Zhou Min

Published by
JOINT PUBLISHING (H.K.) CO., LTD.
20/F., North Point Industrial Building,
499 King's Road, North Point, Hong Kong

Distributed by
SUP PUBLISHING LOGISTICS (H.K.) LTD.
16/F., 220-248 Texaco Road, Tsuen Wan, N.T., Hong Kong

First published February 2002
Second edition, first impression, August 2006
Third edition, first impression, September 2015
Third edition, fifth impression, November 2023

Copyright ©2002, 2006, 2015 Joint Publishing (H.K.) Co., Ltd.

E-mail:publish@jointpublishing.com

輕鬆學漢語 *(練習冊三)* *(繁體版)*

編　　著	馬亞敏　李欣穎	
責任編輯	趙　江	尚小萌
美術策劃	王　宇	馬亞敏
封面設計	王　宇	鍾文君
版式設計	王　宇	鍾文君
排　　版	周　敏	

出　　版　三聯書店（香港）有限公司
　　　　　香港北角英皇道 499 號北角工業大廈 20 樓

發　　行　香港聯合書刊物流有限公司
　　　　　香港新界荃灣德士古道 220-248 號 16 樓

印　　刷　寶華數碼印刷有限公司
　　　　　香港柴灣吉勝街 45 號 4 樓 A 室

版　　次　2002 年 2 月香港第一版第一次印刷
　　　　　2006 年 8 月香港第二版第一次印刷
　　　　　2015 年 9 月香港第三版第一次印刷
　　　　　2023 年 11 月香港第三版第五次印刷

規　　格　大 16 開（210×280mm）208 面

國際書號　ISBN 978-962-04-3707-6

© 2002, 2006, 2015　三聯書店（香港）有限公司

目錄

第一課　我的學校

課文 1

1 根據實際情況填空

1) 我 ＿＿＿＿ 歲上幼兒園。

2) 我 ＿＿＿＿ 歲上小學一年級。

3) 我 ＿＿＿＿ 歲上初一。

4) 我 ＿＿＿＿ 歲上高二。

5) 我 ＿＿＿＿ 歲考大學。

6) 我 ＿＿＿＿ 年上大學四年級。

2 看圖寫句子

田龍一般早上七點起牀。

3 找同類詞語填空

1) 禮堂 ＿＿＿＿ ＿＿＿＿ ＿＿＿＿

2) 數學 ＿＿＿＿ ＿＿＿＿ ＿＿＿＿

3) 卧室 ＿＿＿＿ ＿＿＿＿ ＿＿＿＿

4) 沙發 ＿＿＿＿ ＿＿＿＿ ＿＿＿＿

5) 帽子 ＿＿＿＿ ＿＿＿＿ ＿＿＿＿

6) 比薩餅 ＿＿＿＿ ＿＿＿＿ ＿＿＿＿

4 用所給詞語完成句子

1) 我每天都趕 七點的船去學校。 _____（七點　船　學校）

2) 爸爸明天要坐 _____（十點　飛機　北京）

3) 叔叔後天會坐 _____（八點　船　香港）

4) 媽媽昨天是坐 _____（兩點　火車　上海）

5) 我們今天要去看 _____（下午四點　電影）

6) 我和哥哥星期六要去聽 _____（晚上八點　音樂會）

5 翻譯

1) 我每天上午都有一次課間休息。

2) We have a Chinese test every month.

3) 我每個星期上三次小提琴課。

4) He plays golf twice a week.

5) 我滑過一次冰。

6) I have played Chinese chess once.

7) 你參加過幾次漢語夏令營？

8) How many times have you been to Shanghai?

6 寫反義詞

1) 高 → _____ 　2) 貴 → _____ 　3) 熱 → _____ 　4) 遠 → _____

5) 借 → _____ 　6) 買 → _____ 　7) 寒 → _____ 　8) 卷 → _____

2

7 用所給詞語填空並判斷正誤

| 完 | 聊 | 就 | 先 | 供 | 踢 | 趕 | 際 | 間 | 初 |

我在一所國 ＿＿＿ 學校上學。我今年上 ＿＿＿ 二。

今天是星期四。我早上到學校以後 ＿＿＿ 去打了一會兒籃球，然後去上課。今天的第一節和第二節是物理課。十點到十點二十是課 ＿＿＿ 休息。我在教室裏跟同學一起 ＿＿＿ 天兒。第三節和第四節是體育課。上 ＿＿＿ 體育課，我去學校食堂吃午飯。食堂為我們提 ＿＿＿ 了各種中式飯菜。我今天吃了豬排飯。午飯以後，我跟同學 ＿＿＿ 了半個小時足球。下午我們上了兩節歷史課。我一放學 ＿＿＿ 去 ＿＿＿ 三點半的船回家，因為我四點有漢語補習。

判斷正誤：

☐ 1) 她是初中生。

☐ 2) 她今天上午有一次課間休息。

☐ 3) 她今天午飯吃的是快餐。

☐ 4) 她今天踢了一個小時足球。

☐ 5) 她今天沒有地理課。

☐ 6) 她星期四下午有漢語補習。

8 造句

1) 為……提供　豐富多彩：

2) 一……就……　放學：

3) 介紹　家人：

4) 課間休息　跟……聊天兒：

5) 趕　上學：

6) 提供　課外活動：

9 看圖寫短文

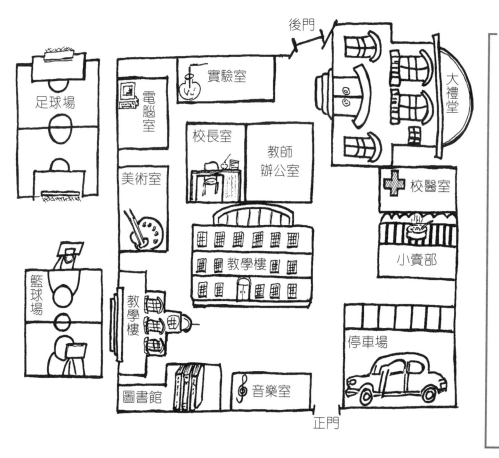

你可以用

a) 這所學校有兩幢教學樓。

b) 這所學校有一座圖書館和一個大禮堂。

c) 學校正門右邊有一個停車場。

d) 小賣部後面是校醫室。
xiào yī shì

e) 實驗室在電腦室旁邊。

我叫天樂，在一所國際學校上初二。我們學校不是一條龍學校，是一所中學，有初中部和高中部。

我們早上八點開始上課，下午三點半放學。我們上午上四節課，下午上一節課。上午有一次課間休息，上完第二節課以後休息二十分鐘。我們午飯時間是一個小時。課間休息和午飯時間，我一般跟朋友一邊吃東西一邊聊天兒。有時候我也會一個人聽聽音樂。

學校為我們提供了豐富多彩的課外活動。我今年參加了初中部的交響樂隊。我們星期二和星期五的午飯時間有活動。我還喜歡滑冰。我每個星期上一次滑冰課，時間是週六上午十點到十一點半。

A 選出四個正確的句子

☐ 1) 天樂的學校是一所國際學校。

☐ 2) 他們學校是一所中學。

☐ 3) 他們上完第五節課以後吃午飯。

☐ 4) 他們學校的課外活動時間都在放學以後。

☐ 5) 交響樂隊午飯時間有活動。

☐ 6) 他每個星期六都有滑冰課。

B 回答問題

1) 他每天有幾節課？

2) 他課間休息的時候做什麼？

C 寫短文

給你的網友寫一封電郵，介紹你的學校。你要寫：

• 你的學校在哪兒，你的學校是什麼樣的學校

• 學校每天的時間安排

• 課間休息和午飯時間，你一般做什麼

• 你今年參加了哪些課外活動

11 看圖填空

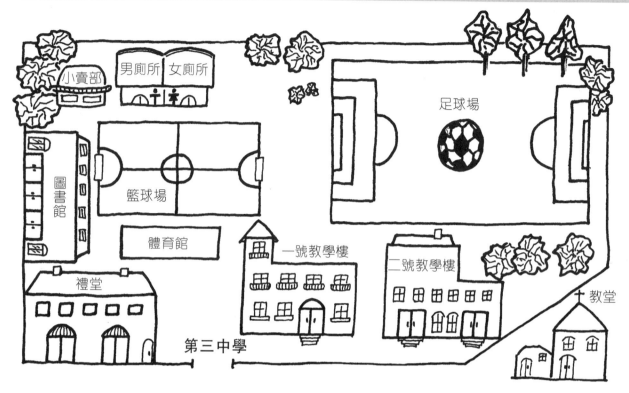

1) 這是一所 ＿＿＿＿＿＿。

2) 這所學校有兩幢 ＿＿＿＿＿＿。

3) 小賣部右邊是 ＿＿＿＿＿＿。

4) ＿＿＿＿＿＿ 在學校正門左邊。

5) 圖書館在 ＿＿＿＿＿＿。

6) 足球場在 ＿＿＿＿＿＿。

7) 二號教學樓在 ＿＿＿＿＿＿。

8) 這所學校 ＿＿＿＿＿ 後門。

9) 這所學校 ＿＿＿＿＿ 停車場。

10) 教堂在 ＿＿＿＿＿＿。

12 猜一猜，上網查意思

1) 五顏六色：＿＿＿＿＿＿

2) 五花八門：＿＿＿＿＿＿

3) 七上八下：＿＿＿＿＿＿

4) 九牛一毛：＿＿＿＿＿＿

5) 四面八方：＿＿＿＿＿＿

6) 人山人海：＿＿＿＿＿＿

7) 大手大腳：＿＿＿＿＿＿

8) 車水馬龍：＿＿＿＿＿＿

13 根據實際情況回答問題

1) 你們學校有幾幢教學樓？

2) 你們學校有停車場嗎？停車場裏大約能停多少輛車？

3) 你們學校的圖書館一共有幾層？你常去圖書館嗎？常去做什麼？

4) 你們學校最近建了什麼新設施？

5) 你今年參加了哪些課外活動？

6) 你今年有幾門課？有什麼課？

7) 你們經常有測驗嗎？你怕考試嗎？

8) 你最近有什麼考試？你考得怎麼樣？

14 翻譯

1) 今天一點兒都不冷。

2) This parking lot is not big at all.

3) 上個星期的漢語考試一點兒都不難。

4) My elder brother is not hardworking at all.

5) 我一點兒都不怕考試。

6) It's freezing cold today. I don't feel like going out at all.

7) 這次數學測驗我一點兒都沒複習。

8) He didn't eat any dinner at all.

15 組詞並寫出意思

1) <u>停車</u> 場：<u>parking lot</u>

2) ＿＿＿ 程：＿＿＿＿＿＿＿

3) ＿＿＿ 力：＿＿＿＿＿＿＿

4) ＿＿＿ 試：＿＿＿＿＿＿＿

5) ＿＿＿ 習：＿＿＿＿＿＿＿

6) ＿＿＿ 供：＿＿＿＿＿＿＿

7) ＿＿＿ 績：＿＿＿＿＿＿＿

8) ＿＿＿ 驗：＿＿＿＿＿＿＿

16 配對

□ 1) 這所學校是寄宿學校嗎？

□ 2) 這所學校有多少個學生？

□ 3) 這所學校有什麼新設施？

□ 4) 學校提供了哪些課外活動？

□ 5) 這所學校的學生怎麼樣？

a) 有一千多個學生。

b) 不是，這是一所走讀學校。

c) 這裏的學生都學得很努力。

d) 學校最近新建了一座實驗樓。

e) 學校的課外活動豐富多彩，有武術隊、交響樂隊、合唱隊等。

17 看圖寫句子

①

他在睡覺。

②

③

④

⑤

⑥

18 模仿例子寫短文

例子：

姓名：李大同	年級：九年級	學校：北樂中學	
科目	成績	個人反思 fǎn sī	
數學	A⁺	我從小就對數學感興趣。我一有時間就做數學練習 liàn xí 。每次數學考試我的成績都不錯。這次數學測驗，我得了 "A⁺" 。我非常開心。	
漢語	86分	我從小學三年級開始學漢語。我覺得漢語語法不太難，但是漢字很難記。這次漢語測驗，我得了86分，下次考試以前我要多複習。我還打算以後每天花二十分鐘學漢語。	
地理	65分	我不太喜歡學地理。我覺得我的地理老師上課上得太快了。這次地理考試很難，所以我考得不好，剛及格。從今天開始，我要努力學地理。下次考試，我想得高分。	

小任務

寫一寫你對以下課程考試成績的反思。

①  美術　②  科學　③  音樂

我們學校的圖書館一共有兩層。一層有各類小說，二層除了英文參考書以外，還有其他語種的小說、讀物，以及各種報刊、雜誌。

每個學生每次可以借三本小說、三本其他讀物和一本雜誌。小說和讀物每次可以借兩個星期，還可續借兩次。雜誌只可以借一個星期，不可以續借。借書的時候要有借書卡。如果過期不還書，沒有罰款，但不可以再借新書。如果借的書丟了，要賠錢買一本新的。

回答問題：

1) 小說在圖書館幾層？

2) 圖書館二層有什麼書？

3) 每次可以借幾本小說？

4) 雜誌可以續借嗎？

5) 如果借的書過期沒還，可以借新書嗎？

6) 如果借的書丟了，要怎麼辦？

| 聊天兒 | 提供 | 趕 | 介紹 | 建 | 及格 | 複習 | 借 |

1) 我 _____ 七點的校車上學。

2) 我們學校 _____ 了一座新圖書館。

3) 我想 _____ 這三本小說。

4) 我課間休息時在教室裏跟同學 _____ 。

5) 學校為我們 _____ 了很多課外活動。

6) 明天有考試，今天晚上我要 _____ 。

7) 請 _____ 一下你的新學校。

8) 他這次物理測驗沒 _____ 。

21 閱讀理解

張明在一所一條龍學校讀初二。從幼兒園到現在,他已經在這所學校讀了十年了。

張明的學校離市中心不遠。他們學校大約有一千四百個學生,一百五十位老師。學校裏有很多設施,有禮堂、教學樓、實驗樓、操場、體育館、室內游泳池等等。去年學校還新建了一個戲劇室。學校為學生提供了各種課程,有數學、英語、漢語、歷史、物理、化學、生物等。

他們學校的老師都教得很好,學生們也都學得很努力。除了期中考試和期末考試以外,他們還經常有測驗。張明每次考試都考得不錯,經常得高分。但是上次生物測驗他的成績不太好,只得了七十五分,因為他沒有複習。

A 選出四個正確的句子

☐ 1) 他們學校沒有幼兒園。

☐ 2) 他們學校就在市中心。

☐ 3) 他們學校有一個室內游泳池。

☐ 4) 他們在學校可以學戲劇。

☐ 5) 他們常常有測驗。

☐ 6) 張明上次生物測驗沒得高分。

B 回答問題

1) 張明的小學和中學是同一所學校嗎?

2) 他們學校有哪些體育設施?

3) 他們學校的戲劇室是什麼時候建的?

4) 張明平時^{píng shí}的考試成績怎麼樣?

C 寫短文

介紹你的學校。你要寫:

• 你的學校是一所什麼樣的學校

• 學校的校園和設施

• 學校的課程和考試

自相矛盾

從前，楚國有一個賣兵器的人，在市場上賣矛和盾。為了吸引人，他大聲叫賣：「快來看，快來買，我的矛是世界上最尖利的矛，它能穿透所有的盾。」說完，他又繼續叫賣：「快來看，快來買，我的盾是世界上最堅硬的盾，沒有矛能穿透它。」人們聽到這些覺得很好笑。有人問他：「你的矛最尖利，你的盾最堅硬，那用你的矛刺你的盾，結果會怎麼樣？」這個人聽後不知道怎麼回答，只好拿着矛和盾走了。

生詞

① 矛 máo spear

② 盾 dùn shield　矛盾 máo dùn contradiction
自相矛盾 zì xiāng máo dùn self-contradictory

③ 從前 cóngqián in the past

④ 楚國 chǔ guó a state during a period of the Warring States (1042 B.C.-223 B.C.)

⑤ 兵器 bīng qì weapons

⑥ 吸引 xī yǐn attract

⑦ 大聲 dà shēng loudly

⑧ 叫賣 jiào mài sell

⑨ 世界 shì jiè world

⑩ 尖利 jiān lì sharp

⑪ 穿透 chuān tòu pierce through

⑫ 所有 suǒ yǒu all

⑬ 繼續 jì xù continue

⑭ 堅硬 jiān yìng extremely hard

⑮ 好笑 hǎo xiào ridiculous

⑯ 刺 cì pierce

⑰ 結果 jié guǒ result

⑱ 回答 huí dá answer

⑲ 只好 zhǐ hǎo have to

⑳ 拿 ná take

A 判斷正誤

□ 1) 這個賣兵器的人是楚國人。

□ 2) 矛和盾都是兵器。

□ 3) 人們覺得這個人的話自相矛盾。

□ 4) 這個人賣了很多矛和盾。

B 翻譯

1) a person who sells weapons

2) in order to attract people

3) the sharpest spear in the world

4) no spears can pierce through it

5) pierce your shield with your spear

6) self-contradictory

C 寫意思

1) 硬 hard { 堅硬 / 硬臥

2) 世 world { 世界 / 出世

3) 前 before { 從前 / 以前

D 模仿例子英譯漢

1) 例子：我的矛是世界上最尖利的矛。

He is the tallest person in the world.

2) 例子：楚國有一個賣兵器的人。

There is a person who sells hotdogs in the park.

E 創意寫作

為《自相矛盾》寫一個結尾。 *jié wěi*

課文 1

1 詞語歸類

毛筆	網球場	尺子	橡皮	計算器	墨水	桌子	病假條
公園	比薩餅	可樂	毛衣	連衣裙	帽子	椅子	牛仔褲

1) 枝：＿＿＿＿＿＿　　2) 個：＿＿＿＿＿＿　　3) 把：＿＿＿＿＿＿

4) 塊：＿＿＿＿＿＿　　5) 張：＿＿＿＿＿＿　　6) 瓶：＿＿＿＿＿＿

7) 件：＿＿＿＿＿＿　　8) 條：＿＿＿＿＿＿　　9) 頂：＿＿＿＿＿＿

2 完成對話

1) A: 毛筆你要買大的還是小的？

B: ＿＿＿＿＿＿＿＿＿＿＿＿＿

2) A: 請問，這支毛筆多少錢？

B: ＿＿＿＿＿＿＿＿＿＿＿＿＿

3) A: 這個書包好貴！

B: ＿＿＿＿＿＿＿＿＿＿＿＿＿

4) A: 這兩個計算器有什麼區別？

B: ＿＿＿＿＿＿＿＿＿＿＿＿＿

5) A: 你還買別的嗎？

B: ＿＿＿＿＿＿＿＿＿＿＿＿＿

6) A: 一共十九塊。給您二十塊。

B: ＿＿＿＿＿＿＿＿＿＿＿＿＿

3 造句

1) 給……看病　感冒：

2) 給……量體溫　發燒：

3) 給……開病假條　休息：

4) 給……打電話　回來：

4 看圖寫短文

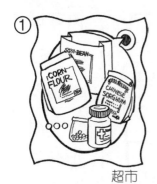

超市

　　我們經常去這家超市買東西。雖然他們賣的東西有點兒貴，但是那裏的東西質量非常好。

書店

花店

你可以用

a) 雖然……，但是……

b) 又……又……

c) 特別

d) 有點兒

e) 便宜

f) 貴

g) 質量

h) 各種

i) 次

j) 生日

5 用中文寫價格

① ¥2.50

② ¥3.00

③ ¥6.90

一塊橡皮兩塊五。

④ ¥35.00

⑤ ¥4.20
墨水

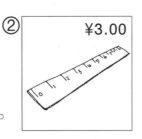
⑥ ¥87.00

⑦ ¥6500.00

15

你可以用

a) 附近
b) 隔壁
c) 中間
d) 對面
e) 前面
f) 後面
g) 左邊
h) 右邊

　　　我家附近有很多公共設施。我家住在太和路。我家對面是一

個郵局。郵局左邊是一個體育場。我經常去那裏踢足球。

（yóu jú）

7寫出帶點字的意思

① {
及格：＿＿＿＿
年級：＿＿＿＿
}

② {
一共：＿＿＿＿
提供：＿＿＿＿
}

③ {
一元錢：＿＿＿＿
電影院：＿＿＿＿
}

④ {
中式：＿＿＿＿
考試：＿＿＿＿
}

⑤ {
各種：＿＿＿＿
及格：＿＿＿＿
}

⑥ {
兩點：＿＿＿＿
一輛車：＿＿＿＿
}

8 翻譯

1) 我的頭好痛！

2) It's very hot today.

3) 這個計算器好貴！

4) Her hair is very long.

5) 這座圖書館好大！

6) This shirt is very cheap.

7) 這隻狗好可愛！

8) I'm very happy today.

9 用所給詞語完成句子

1) 這枝筆 比那枝長得多。_____ （長）

2) 這塊橡皮 _____ （貴）

3) 這把尺子 _____ （短）

4) 他們學校 _____ （新）

5) 他的考試成績 _____ （高）

6) 這個計算器的質量 _____ （好）

10 用所給結構完成句子

結構：這個機算器的功能很多，但是我還是想買那個。

1) 在美國上大學比在英國上大學貴，但是我 _____

2) 這枝毛筆比那枝貴得多，但是他 _____

3) 他們學校比我們學校新得多，但是我 _____

17

科技進步了。人們現在的生活比以前方便多了。

以前人們用毛筆寫字，後來用鉛筆、鋼筆寫字，再後來用打字機打字。現在人們用電腦打字，又快又漂亮。出了錯也不用怕，電腦會幫我們改錯。

以前人們用珠算算數。小數目還好，大數目可能會出錯。現在人們用計算器算數，又快又準。複雜的運算電腦可以幫我們算。

科技進步了，人們的生活方便了，但是我們的手和大腦用得也少了。

判斷正誤：

☐ 1) 現在的生活比以前方便得多。

☐ 2) 以前人們用毛筆寫字。

☐ 3) 用電腦打字不用怕出錯。

☐ 4) 用珠算算大數目也不會出錯。

☐ 5) 用計算器算數雖然很快但是不準。

☐ 6) 以前一些用手和大腦做的事，現在可以用電腦做。

12 造句

1) 比　便宜：

2) 比　多：

3) 比　一點兒：

4) 比　得多：

5) 兩個　區別：

6) 雖然……，但是……　還是：

7) 要　別的：

8) 給　找：

我們學校有一個家長教師協會（jiā zhǎng jiào shī xié huì）商店。商店裏賣一年四季的校服，有長褲、短褲、裙子、襯衫、毛衣、外套（wài tào）、運動服、戲劇服、游泳衣等。除了校服以外，商店裏還賣文具，有毛筆、墨水、鉛筆、白紙（bái zhǐ）、練習本、橡皮、尺子、計算器等。那裏賣的計算器有便宜的，也有貴的。便宜的是給低年級的學生用的，功能比較少；貴的是給高年級的學生用的，功能比較多。那裏賣的東西雖然有點兒貴，但是質量都不錯，所以很多學生喜歡去那裏買東西。

商店裏的工作人員都是學生家長。他們都很友好（yǒu hǎo）。商店每天早上九點開門（kāi mén），下午兩點關門（guān mén）。課間休息和午飯時間商店最忙。同學們都說商店是學校不可缺少（bù kě quē shǎo）的設施。

A 選出四個正確的句子

☐ 1) 他們學校是一所男校。

☐ 2) 他們學校可能有游泳池。

☐ 3) 商店裏賣校服，也賣文具。

☐ 4) 商店裏賣的計算器有便宜的，也有貴的。

☐ 5) 商店裏賣的文具很貴，質量還不好。

☐ 6) 學生們都覺得學校不能沒有這個商店。

B 回答問題

1) 這所學校有沒有戲劇課？為什麼？

2) 商店每天營業幾個小時？

3) 商店什麼時候最忙？

C 寫短文

介紹你學校的商店。你要寫：

• 商店裏賣什麼

• 商店裏賣的東西貴不貴，質量怎麼樣

• 商店裏的工作人員

• 商店的營業時間

14 為量詞配名詞

1) 瓶：_____ _____ 6) 本：_____ _____ 11) 家：_____ _____

2) 把：_____ _____ 7) 雙：_____ _____ 12) 間：_____ _____

3) 塊：_____ _____ 8) 幢：_____ _____ 13) 件：_____ _____

4) 枝：_____ _____ 9) 個：_____ _____ 14) 條：_____ _____

5) 副：_____ _____ 10) 隻：_____ _____ 15) 張：_____ _____

15 翻譯

①
商品：領帶 (lǐng dài)
顏色：藍色和白色、
　　　灰色
價格 (jià gé)：￥380 / 條
　　（買兩條打八折）
產地 (chǎn dì)：上海
質地 (zhì dì)：真絲 (zhēn sī)

②
Product: dress
Colour: red, pink
Price: ￥820.00
　　(a 20% discount on
　　the second dress)
Place of manufacture: Beijing
Material: silk

③
商品：女鞋
顏色：藍色
價格：￥350 / 雙
　　（第二雙半價）
產地：香港
質地：真絲、手繡 (shǒu xiù)

④

Product: leather shoes
Colour: brown
Price: ￥568.00
　　(half price on the second pair)
Place of manufacture: Shanghai
Material: leather

大減價　10 月 1 日至 10 月 31 日

今日起至十月三十一日，本店出售（chū shòu）的：

- 鉛筆、捲筆刀、橡皮、尺子等文具半價
- 計算器特價（tè jià）二百九十八元
- 課本全部（quán bù）打八五折

- 練習本、文件夾打七折
- 小説、雜誌，第二本半價
- 玩具汽車買一輛送（sòng）一輛

請趕快（gǎn kuài）來買特價貨品（huò pǐn）！

中新文具店

10 月 1 日

A 判斷正誤

☐ 1) 如果十月十日去買鉛筆，價錢比平時便宜一半。

☐ 2) 如果十月三十一日以後去買計算器，價錢不是二百九十八元。

☐ 3) 如果一本課本一百塊，十月一日去買，價錢是八十塊。

☐ 4) 如果一個文件夾二十塊，十月三十一日以前買十個文件夾的價錢是一百四十塊。

☐ 5) 如果一本小説八十塊，買兩本小説的價錢是一百二十塊。

☐ 6) 如果一輛玩具汽車五十塊，買兩輛玩具汽車的價錢是一百塊。

B 寫意思

1) 今日：＿＿＿＿＿　　2) 出售：＿＿＿＿＿　　3) 特價：＿＿＿＿＿

4) 全部：＿＿＿＿＿　　5) 送：＿＿＿＿＿　　6) 貨品：＿＿＿＿＿

17 寫反義詞

1) 卷 → 直	6)
2)	7)
3)	8)
4)	9)
5)	10)

18 閱讀理解

親愛的家長：

　　學校9月1日開學。開學以前，請去學校的文具店為您的孩子買好以下物品。yǐ xià wù pǐn

1) 校服兩套：長褲、襯衫（男生）

　　　　　　裙子、襯衫（女生）

2) 運動服一套：T恤衫、短褲

3) 文具：a) 五個練習本

　　　　 b) 一個日記本 rì jì běn

　　　　 c) 一個計算器

謝謝您的合作！ hé zuò

　　　　　　　育海中學校長：王國中

　　　　　　　　　　　　8月5日

判斷正誤：

☐ 1) 這是一所中學。

☐ 2) 九月一日是新學年的第一天。

☐ 3) 學校有文具店。

☐ 4) 這所學校的學生要穿校服。

☐ 5) 男生和女生的校服不一樣。

☐ 6) 家長要在學校的文具店裏買校服。

☐ 7) 除了校服和運動服以外，家長還要為孩子買文具。

19 造句

1) 為了　吸引：

2) 要……了　學期：

3) 所有的文具　減價：

4) 學校　齊全：

5) 售貨員　友好：

6) 附近　文具店：

20 讀短文，寫對話

11 月 5 日　　　　　　　陰

　　十一月北京開始冷了。為了吸引顧客，各大服裝店的冬(dōng)裝(zhuāng)都在打折。

　　我和媽媽今天下午去百貨商店買衣服。我看中(kàn zhòng)了一件毛衣，顏色和款式(kuǎn shì)都挺好的，但是有點兒貴。我問營業員(yíng yè yuán)可不可以打折，她說可以打九折。我還是覺得太貴了，所以沒有買。後來我又看到了一件外套，價錢挺便宜的，只要兩百六十塊，但是顏色不好看。我想買黑色的，但是他們現在沒有貨(huò)。最後我們什麼都沒有買，兩手空(kōng)空地回家了。

根據短文寫一個你和售貨員的對話。

你：我想試一下這件毛衣。

售貨員：沒問題。試衣間在那邊。

_____

_____

_____

_____

_____

21 翻譯

1) 新學期要開始了。我想買一些文具。

2) It's almost the holidays. I am really happy.

3) 比賽要開始了。我們快點兒去體育館吧！

4) The movie is about to start. Let's hurry.

5) 要下雨了。你帶雨衣了嗎？

6) It's about to snow, but it's not cold at all！

22 完成句子

A

1) <u>為了吸引顧客</u>（吸引），文具店裏<u>所有的商品都在減價</u>。

2) ＿＿＿＿＿＿（考試），他＿＿＿＿＿＿＿＿＿＿＿＿＿

3) ＿＿＿＿＿＿（參加），她＿＿＿＿＿＿＿＿＿＿＿＿＿

4) ＿＿＿＿＿＿（學好漢語），她＿＿＿＿＿＿＿＿＿＿＿＿＿

B

1) 現在服裝店裏<u>所有的衣服都打九折</u>。

2) 在我們學校，所有的＿＿＿＿＿＿＿＿＿＿＿＿＿＿＿

3) 學校圖書館裏，＿＿＿＿＿＿＿＿＿＿＿＿＿＿＿＿＿

4) 他的房間裏，＿＿＿＿＿＿＿＿＿＿＿＿＿＿＿＿＿

23 閱讀理解

我家住的小區裏有很多商店。我最喜歡去書店。書店裏除了賣各種各樣的書和雜誌，還賣文具、玩具、各種卡片(kǎ piàn)、相框、小禮物(lǐ wù)等等。

我差不多每個週末都會去那裏看看。如果看到新書，我就會坐在那裏看一會兒。如果我很喜歡那本書，我就會讓媽媽給我買。

上個星期六我又去書店了。因為那裏要裝修(zhuāng xiū)，所以這兩個星期所有的商品都在減價，有的低至半價。很多文具都已經賣完了。我買了自動(zì dòng)鉛筆、鉛筆盒、捲筆刀、文件夾、練習本和幾個相框，一共花了不到兩百塊錢。媽媽知道以後，又帶弟弟去買了好幾輛玩具汽車。

A 選出四個正確的句子

☐ 1) 在這家書店可以買到生日卡。

☐ 2) "我"差不多每天都去書店。

☐ 3) 書店裏的商品在減價，因為書店要搬走了。

☐ 4) 書店裏的商品最低打五折。

☐ 5) "我"在書店買了很多文具。

☐ 6) 媽媽沒給弟弟買文具。

B 回答問題

1) 除了書和文具以外，這家書店還賣什麼？

2) 看到書店的新書，"我"會做什麼？

3) 媽媽在書店給弟弟買了什麼？

C 寫短文

介紹你喜歡的商店。你要寫：

• 那家商店在哪兒，那裏賣什麼

• 你一般什麼時候去那家商店買東西

• 那裏的商品一般什麼時候減價，最低能打幾折

• 你最近去那裏買了什麼，花了多少錢

刻舟求劍

　　從前，一個楚國人坐船遠行。船快到江心的時候，他的寶劍不小心掉進水裏了。船上的人大叫：“寶劍掉進水裏了！”這個楚國人十分心急。他趕快用小刀在船邊刻了一個記號，然後對大家說：“我的寶劍是在這裏掉下去的。”船到了岸邊，這個楚國人馬上從刻記號的地方跳進水裏找他的寶劍。找了半天，什麼也沒有找到。看他這樣找劍，人們說：“船走了，可是掉在江心的寶劍沒有動。他這樣找寶劍，真是太笨了！”

生詞

① 刻 kè carve
② 舟 zhōu boat
③ 求 qiú seek
④ 劍 jiàn sword
　　寶劍 bǎo jiàn a double-edged treasured sword
　　刻舟求劍 kè zhōu qiú jiàn act without regard to changing circumstances
⑤ 遠行 yuǎnxíng go on a long journey
⑥ 江 jiāng river
⑦ 小心 xiǎo xīn be careful
⑧ 掉 diào drop
⑨ 十分 shí fēn very
⑩ 心急 xīn jí anxious
⑪ 記號 jì hào mark
⑫ 岸邊 àn biān shore
⑬ 半天 bàn tiān quite a long time
⑭ 這樣 zhè yàng like this
⑮ 笨 bèn foolish

A 回答問題

1) 這個楚國人是怎麼過江的？

2) 寶劍是什麼時候掉進水裏的？

3) 他是什麼時候跳進水裏找寶劍的？

4) 他最後找到寶劍了嗎？

B 填空

　　從前，一個楚國人 ＿＿＿＿ 船遠行。船快 ＿＿＿＿ 江心的時候，他的寶劍不小心 ＿＿＿＿ 進水裏了。他趕快用小刀在船邊 ＿＿＿＿ 了一個記號。船到了岸邊，他馬上從刻記號的地方 ＿＿＿＿ 進水裏 ＿＿＿＿ 他的寶劍。

C 寫意思

1) 寶{寶劍 寶物}
treasure

2) 趕{趕快 趕路}
hurry

3) 岸{岸邊 海岸}
shore

4) 求{求學 力求}
seek

D 寫意思

① {求：＿＿＿＿＿＿ 球：＿＿＿＿＿＿}

② {本：＿＿＿＿＿＿ 笨：＿＿＿＿＿＿}

③ {己：＿＿＿＿＿＿ 記：＿＿＿＿＿＿}

④ {劍：＿＿＿＿＿＿ 驗：＿＿＿＿＿＿}

E 創意寫作

把《刻舟求劍》畫成連環畫（lián huán huà），為每幅畫配（pèi）一句話。

課文 1

1 填動詞

1) 這件外套不 _____ 奶奶穿。

2) 我可以 _____ 穿一下這條連衣裙嗎？

3) 你可以 _____ 港幣。

4) 我們最好別給媽媽 _____ 這種款式的衣服。

5) 所有夏季服裝現在都 _____ 八折。

6) 你可以試 _____ 一下這副耳環。

7) 這種款式爸爸一定 _____ 。

8) 打折的鞋不可以 _____ 。

2 看圖寫句子

①
已經八點了。別聽了！
快去吃飯吧！

你可以用

a) 不要 / 別看電視了！

b) 趕快去吃飯吧！

c) 我馬上就去做功課。

d) 你最好現在就去睡覺。

換季大減價
huàn jì

本百貨公司十一月一日起至十一月十一日所有商品減價出售。
běn

- 尺碼齊全 *chǐ mǎ*
- 款式多樣
- 價格便宜

歡迎使用人民幣。 *shǐ yòng*

減價商品一律不可退換。 *yí lù*

頂樓：餐廳 (打九折) *dǐng lóu*

五樓：兒童用品 (打八折) *ér tóng*

四樓：日用品 (打七折) *rì yòng pǐn*

三樓：家具、文具、皮具 (打八折) *pí jù*

二樓：電器 (打七折) *diàn qì*

一樓：衣服、帽子、鞋子 (打六折)

地下室：超市 (打九折) *dì xià shì*

A 判斷正誤

☐ 1) 除了服裝以外，這家百貨公司所有的商品都在減價。

☐ 2) 如果你想買日用品，一定要付人民幣。

☐ 3) 這家百貨公司不賣皮包。

☐ 4) 如果你十一月十日去買電腦，電腦的價錢比平時便宜一半。

☐ 5) 一樓賣服裝和鞋帽。

☐ 6) 如果你想買蔬菜、水果、魚、肉，你要去地下室。

☐ 7) 飯店在五樓。

B 寫意思

1) 換季：＿＿＿＿＿＿

2) 出售：＿＿＿＿＿＿

3) 尺碼：＿＿＿＿＿＿

4) 使用：＿＿＿＿＿＿

5) 一律：＿＿＿＿＿＿

6) 頂樓：＿＿＿＿＿＿

7) 兒童：＿＿＿＿＿＿

8) 日用品：＿＿＿＿

9) 電器：＿＿＿＿＿＿

4 造句

1) 服裝店　款式　尺寸：

2) 試穿　最好　別：

3) 適合　一定　價錢：

4) 減價　現金　退換：

5 閱讀理解

我跟姐姐經常去"五彩服裝店"買衣服。我們的衣服差不多都是在這裏買的。這家服裝店的衣服都是從中國進口的，款式新、質量好、尺寸全、價錢不貴，還很有中國特色。在這家店買衣服可以試穿，買回去以後如果覺得不合適還可以退換。

從今天開始，五彩服裝店開始換季大減價。為了吸引更多的顧客，店裏所有衣服都打七折，有的衣服低至三折。新到的衣服也在打折。我看中了一條牛仔褲，價錢比平時便宜得多。我很想買，但是減價期間，要付現金，不可以用信用卡。不巧的是我沒有帶足夠的現金，所以最後沒有買。

回答問題：

1) 她常去哪裏買衣服？

2) 這家服裝店的衣服怎麼樣？

3) 這家服裝店是從哪天開始大減價的？

4) 新到的衣服也打折嗎？

5) 她為什麼今天沒買那條牛仔褲？

6 完成對話

1) A: 我想試試那件 T 恤衫。

B: _____

2) A: 你們有其他顏色的外套嗎？

B: _____

3) A: 這副耳環多少錢？

B: _____

4) A: 這件襯衫打折嗎？打幾折？

B: _____

5) A: 試衣間在哪裏？

B: _____

6) A: 你們有其他款式的裙子嗎？

B: _____

7) A: 減價的衣服能退換嗎？

B: _____

8) A: 我可以付港幣嗎？

B: _____

7 模仿例子寫廣告

例子：

美美服裝店

12 月 1 月 ~ 12 月 31 日

- 男、女服裝　　　八折
- 兒童服裝　　　六五折

  yǒngzhuāng
- 泳 裝　　　　半價

yíng yè

營業時間：上午九點至晚上十點

四海文具店

- 圖書　　　　　半價

  cǎi sè bǐ
- 文具（鉛筆、毛筆、彩色筆、橡皮和尺子）　　八折
- 耳機　　　　　七折
- 計算器　　　　七五折

① 服裝店

② 文具店

1) 聽説，你在學校交了好幾個朋友。

　　最近　買：

2) 我們最好別給媽媽買衣服，因為買衣服一定要自己試穿。

　　鞋　尺寸：

3) 不要給我買衣服。我可以自己買。

　　家教　學：

4) 別買這件外套。這種款式的衣服不適合你穿。

　　耳環　戴：

5) 我可以用一下你的計算器嗎？

　　試　短褲：

6) 這副耳環不到三百塊錢，一點兒也不貴。

　　圍巾　貴：

1) 我想試試那件外套。

2) I would like to try that pair of trainers.

3) 還有其他顏色的襯衫嗎？

4) Do you have scarves of other colours?

5) 不要給媽媽買耳環，可能不適合她戴。

6) Don't buy shoes for dad, they might not fit him.

7) 你最好戴上帽子。今天天氣太熱了！

8) You'd better wear your coat, as it's cold today.

10 閱讀理解

香港是一個"購物天^{gòu wù tiān}堂"。在香港大大小小的商店到處都是。每年聖誕^{shèng dàn}節、春節還有換季的時候，^{jié} ^{chūn jié}差不多所有的商店都會大減價。

大減價的時候，店裏的商品一般會打八折或七折，有的低至二折。減價期間，很多人專門來香港^{zhuān mén}購物，商店裏非常熱鬧。但是因為有些打折的衣服、鞋子、包的款式是上一年的，還可能沒有合適的尺寸，所以大減價的時候也不一定能買到想要的東西。

在香港購物很方便。你可以付現金，也可以用信用卡。如果付現金，可以用港幣，也可以用人民幣。另外，在大多數商店，^{lìng wài}如果不喜歡新買的東西了，可以拿回去退換。

A 選出四個正確的句子

☐ 1) 香港的商店特別多。

☐ 2) 香港的商店一年只有一次大減價。

☐ 3) 大減價期間，有些商品半價出售。

☐ 4) 大減價的時候一定能買到想買的東西。

☐ 5) 在香港可以用人民幣。

☐ 6) 不是所有新買的東西都可以退換。

B 回答問題

1) 香港的商店什麼時候大減價？

2) 大減價期間，商品最低可能打幾折？

3) 為什麼説在香港買東西很方便？

C 寫短文

寫一篇日記，寫一寫你買東西的經歷。你要寫：

• 你是什麼時候，跟誰一起去買東西的

• 你買了什麼

• 有沒有打折，打幾折

• 你花了多少錢，你是怎麼付錢的

11 填動詞

1) 我姐姐最喜歡 _____ 商場了。

2) 我要跟媽媽 _____ 一下父親節送爸爸什麼禮物。

3) 在鞋店，我 _____ 中了一雙皮鞋。

4) 在媽媽的生日會上，哥哥 _____ 亮了蠟燭，我們一起 _____ 了生日歌。

5) 奶奶 _____ 出了她做的小籠包。

6) 爺爺高興地 _____ 過了生日禮物。

7) 我今天 _____ 了一個快樂的生日。

8) 爸爸高興地 _____ 他非常喜歡我送他的禮物。

12 填量詞

1) 一 _____ 帽子 2) 一 _____ 耳環 3) 一 _____ 外套 4) 一 _____ 運動鞋

5) 一 _____ 圍巾 6) 一 _____ 手套 7) 一 _____ 尺子 8) 一 _____ 歷史課

9) 一 _____ 香水 10) 一 _____ 雜誌 11) 一 _____ 襪子 12) 一 _____ 教學樓

13) 一 _____ 花店 14) 一 _____ 汽車 15) 一 _____ 鮮花 16) 一 _____ 圖書館

13 造句

1) 給……買禮物　一條真絲圍巾：

2) 給……打電話　每個週末：

3) 給……發電郵　每天：

4) 給……做飯　下班：

5) 給……洗澡　小狗：

6) 給……開藥　感冒：

14 閱讀理解

① 為了慶祝母親節，今天所有鮮花都打九折。

四季花店
5 月 10 日

② 最後三天，所有貨品六折出售，一件不留。

心意禮品店
9 月 4 日

③ 春節期間來本餐廳，成人打八折，兒童半價。

花園酒店
2 月 1 日

④ 十二月十日至二十五日，五百元以上的商品一律打八折。

大興百貨商店
12 月 1 日

⑤ 換季大減價。所有男、女服裝（除童裝以外）六折出售。

時新服裝店
6 月 5 日

⑥ 為了慶祝六一兒童節，今天所有玩具汽車買一送一。

歡歡玩具店
6 月 1 日

A 判斷正誤

☐ 1) 五月十日去四季花店，買兩百塊的鮮花只要付一百八十塊。

☐ 2) 九月七日心意禮品店的貨品還在打折。

☐ 3) 春節去花園酒店吃飯，成人和小孩都打八折。

☐ 4) 十二月十日去大興百貨商店，買一件六百塊的外套只要付四百八十塊。

☐ 5) 六月五日媽媽可以去時新服裝店給上小學的妹妹買半價的連衣裙。

☐ 6) 六月一日去歡歡玩具店，買兩輛玩具汽車只要付一輛的價錢。

B 寫意思

1) 慶祝：_____

2) 期間：_____

3) 以上：_____

4) 貨品：_____

5) 禮品：_____

6) 童裝：_____

① 高興　接過

② 着急　跑回家

媽媽<u>高興地接過生日禮物</u>。　　放學以後，我 ＿＿＿＿＿＿＿

③ 開心　端出

④ 感動　接過

爸爸 ＿＿＿＿＿＿＿＿＿＿　　爺爺 ＿＿＿＿＿＿＿＿＿＿＿

16 讀對話，寫日記

你：我可以看一下這個皮包嗎？

售貨員：當然可以。我們還有別的顏色的。

你：我想買一個黑色的。

售貨員：有黑色的。我去拿。請等一等。

（三分鐘以後）

售貨員：這種包是新貨，質量特別好。

你：我覺得這個包有點兒大。你們有其他款式的黑包嗎？

售貨員：有。這個包怎麼樣？

你：這個不錯，很適合我媽媽。她一定會喜歡的。多少錢？

售貨員：很巧，從今天開始所有皮包打八折。打完折以後八百五十塊。

你：行，我買了。

小任務

把左邊的對話改寫成日記。

17 用所給詞語看圖完成句子

A ①

②

同學們 <u>拿出了課本和練習本</u>。

奶奶 _____

B ①

②

弟弟 <u>換好了校服</u>。

哥哥 _____

C ①

②

為了給媽媽買生日禮物，
我們 <u>逛了一天</u>。

她每天都 _____

D ①

②

妹妹現在 <u>長得很高</u>。

姐姐 _____

18 造句

1) 跟……商量　生日禮物：

2) 跟……說漢語　在家：

3) 跟……一起　散步：

4) 跟……一樣　彈吉他：

19 寫出帶點的字的意思

① { 黑色：＿＿＿＿＿　墨水：＿＿＿＿＿ }

② { 付錢：＿＿＿＿＿　附近：＿＿＿＿＿ }

③ { 款式：＿＿＿＿＿　試衣間：＿＿＿＿＿ }

④ { 小狗：＿＿＿＿＿　不夠：＿＿＿＿＿ }

⑤ { 介紹：＿＿＿＿＿　減價：＿＿＿＿＿ }

⑥ { 蠟燭：＿＿＿＿＿　獨生子：＿＿＿＿＿ }

20 填空

今天是爸爸的生日。我和哥哥去＿＿＿＿爸爸買生日蛋糕。我們逛了好幾＿＿＿＿蛋糕店，最後看＿＿＿＿了一個巧克力蛋糕。我們覺得爸爸一定會喜歡。晚飯以後，我們端＿＿＿＿了蛋糕，點＿＿＿＿了蠟燭，還一起唱了生日歌。爸爸＿＿＿＿高興。他一邊吃蛋糕一＿＿＿＿感動＿＿＿＿說這是他吃過的＿＿＿＿好吃的蛋糕。我們開心地笑了。

21 閱讀理解

還有一個星期就是父親節_{fù qīn jié}了。園園不知道應該給爸爸買什麼禮物。她有點兒着急。

園園的爸爸每天都很忙，還經常去外國出差，常常不在家。園園有時候很想爸爸。以前的父親節，她給爸爸買過鮮花、真絲領帶、鋼筆、日記本，但是今年園園想送爸爸一份特別的禮物。園園想給爸爸買一塊手錶_{shǒu biǎo}，但是錢不夠。園園想到買一個相框，放一家人的照片_{zhào piàn}。

父親節那天，園園去商場逛了半天，最後給爸爸買了一個相框，還把_{bǎ}一家人的照片放進了相框裏。晚上，爸爸接過相框，感動地說他非常喜歡這個禮物。他還說他過了一個快樂的父親節。

A 選出四個正確的句子

☐ 1) 園園早就想好給爸爸買什麼禮物了。

☐ 2) 給爸爸買禮物以前園園跟媽媽商量過。

☐ 3) 爸爸平時很少在家。

☐ 4) 以前的父親節，園園給爸爸買過領帶。

☐ 5) 今年的父親節，園園想給爸爸買手錶。

☐ 6) 爸爸接過禮物的時候很感動。

B 回答問題

1) 園園的爸爸為什麼不常在家？

2) 她為什麼沒給爸爸買手錶？

3) 園園是哪天去給爸爸買禮物的？

4) 園園在相框裏放了誰的照片？

C 寫短文

寫一寫你給家人買禮物的經歷。你要寫：

• 你在哪個特別的日子，給誰買禮物

• 買禮物以前你有什麼打算，最後你買了什麼

• 拿到禮物的時候，他 / 她說了什麼

拔苗助長

從前，宋國有一個急性子的農民，他總是覺得田裏的稻苗長得太慢了。他每天都去田裏看好幾次，看看稻苗是不是長高了。可是他每次去看，田裏的苗都沒長高。有一天，他想了一個辦法：我拔一拔稻苗，它就長高了。於是，他開始拔稻苗。他把每棵稻苗都拔高了一點兒。他從中午幹到晚上。拔完了稻苗，他自己也特別累。一回到家他就說："我今天真累！"兒子問他："爸爸，你為什麼這麼累？"他說："我今天去拔稻苗了，田裏的稻苗都長高了很多。"兒子聽了以後，馬上跑到田裏去看。所有的稻苗都死了。

生詞

1. bá 拔 pull out
2. miáo 苗 young plant; seedling
3. zhù 助 help

   bá miáo zhù zhǎng
   拔苗助長 spoil things because of a desire for quick success

4. jí xìng zi 急性子 an impetuous person
5. nóng mín 農民 farmer
6. tián 田 farmland
7. dào 稻 rice
8. bàn fǎ 辦法 way; method
9. yú shì 於是 therefore
10. bǎ 把 a particle
11. kē 棵 a measure word (used of plants)
12. gàn 幹 do
13. ér zi 兒子 son
14. zhè me 這麼 so
15. sǐ 死 die

A 判斷正誤

☐ 1) 宋國的這個農民是一個慢性子。

☐ 2) 他很少去田裏看他的稻苗。

☐ 3) 他拔稻苗拔得非常累。

☐ 4) 他拔過的稻苗都死了。

B 填空

　　有一天，他想了一個辦法：我拔一拔稻苗，它就長 ＿＿＿ 了。於是，他開始拔稻苗。他把每棵稻苗都拔 ＿＿＿ 了一點兒。他從中午幹到晚上。拔 ＿＿＿ 了稻苗，他自己也特別 ＿＿＿。一回 ＿＿＿ 家他就說："我今天真累！"

C 寫意思

1) 農 { 農民
farming
　農田

2) 拔 { 拔草
pull out
　拔牙

3) 苗 { 稻苗
seedling
　樹苗

D 寫意思

① { 苗：＿＿＿＿＿＿
　貓：＿＿＿＿＿＿

② { 果：＿＿＿＿＿＿
　課：＿＿＿＿＿＿

③ { 工：＿＿＿＿＿＿
　功：＿＿＿＿＿＿

④ { 友：＿＿＿＿＿＿
　拔：＿＿＿＿＿＿

E 創意寫作

1) 為《拔苗助長》寫一個結尾 (jié wěi)。

2) 把《拔苗助長》畫成連環畫 (lián huán huà)，為每幅畫配 (pèi) 一句話。

第一單元　複習

第一課

課文1 介紹　一條龍學校　幼兒園　初中　高中　趕　課間　次　下課
教室　聊天兒　提供　豐富　古典　流行　交響樂

課文2 座　借　還　正門　小賣部　停車場　輛　建　課程　努力　測驗
考試　怕　分　得　成績　剛　及格　複習　學習

第二課

課文1 毛筆　枝　墨水　瓶　尺子　把　橡皮　計算器　別　區別　質量
功能　還是　錢　毛　給　找　歡迎

課文2 學期　一些　玩具　文具　鉛筆　鉛筆盒　捲筆刀　文件夾　練習本
本　其中　顧客　所有　商品　減價　半價　價錢　巧　為了　吸引
打折　至　齊全　售貨員

第三課

課文1 小姐　外套　耳環　試衣間　款式　尺寸　有些　合適　適合　最好
別　要　一定　付　現金　退換　當然　人民幣　港幣

課文2 母親節　商量　送　禮物　看中　真絲　夠　後來　逛　着急　香水
鮮花　束　端　蛋糕　點　蠟燭　拿　接　地　感動

句型：

1) 我一吃完早飯就去趕七點的校車。

2) 學校為我們提供了豐富多彩的課外活動。

3) 我一點兒都不怕考試。

4) 這個計算器的功能比那個的多得多。

5) 一百二十塊零三毛。

6) 新學期要開始了。

7) 姐，不要買這件！

8) 媽媽高興地接過禮物。

問答：

1) 你們早上幾點開始上課？　　八點。

2) 你們每天上幾節課。　　五節課。我上午上四節課。中間有一次課間休息，從十點到十點二十。

3) 你們學校為學生提供了哪些課外活動？　　學校為我們提供了豐富多彩的課外活動。因為我喜歡古典音樂和流行音樂，所以這個學期參加了交響樂隊和合唱隊。

4) 你們學校最近建了哪些新設施？　　最近，學校又建了室內游泳池、戲劇室等等。

5) 你的老師教得好嗎？　　我的老師都教得很好。

6) 你的考試成績怎麼樣？　　我差不多每次考試都能得九十多分。

7) 請問，那枝毛筆多少錢？　　十九塊八。

8) 現在文具打幾折？　　一些文具打九折，還有一些低至五折。

9) 你買文具一共花了多少錢？　　我們一共花了不到三百塊錢。

10) 小姐，我想試試那件外套。　　好。這是今年的新款。

11) 我可以付人民幣嗎？　　當然可以。

12) 去年的母親節你給媽媽買禮物了嗎？買了什麼？　　買了。我們買了一副耳環和一瓶香水。

13) 你是在哪兒買禮物的？　　我們是在百貨公司買禮物的。

14) 媽媽接過禮物的時候高興嗎？　　她高興地接過禮物，感動地說她今天過了一個快樂的生日和快樂的母親節。

1 找相關詞語填空

1) 音樂：_____ _____　　4) 衣服：_____ _____

2) 禮物：_____ _____　　5) 文具：_____ _____

3) 錢：_____ _____　　6) 學校設施：_____ _____

2 用所給詞語填空

> 輛　座　枝　個　把　塊　件　副　瓶　束　條　家　本　所　雙　頂

1) 一 ___ 圖書館　2) 一 ___ 橡皮　3) 一 ___ 毛筆　4) 一 ___ 尺子

5) 一 ___ 文具店　6) 一 ___ 帽子　7) 一 ___ 耳環　8) 一 ___ 墨水

9) 一 ___ 計算器　10) 一 ___ 圍巾　11) 一 ___ 雜誌　12) 一 ___ 學校

13) 一 ___ 運動鞋　14) 一 ___ 外套　15) 一 ___ 汽車　16) 一 ___ 鮮花

3 翻譯

1) 我每天早上一吃完早飯就去趕七點的船。

2) I rush for the 3:30 school bus as soon as school finishes every afternoon.

3) 我一點兒都不怕考試，因為我每天都努力學習。

4) He doesn't like his new school at all because there are not many new facilities.

5) 這件外套比那件貴得多。

6) This silk scarf is much more expensive than the other one.

7) 媽媽感動地說："謝謝你們送的禮物。"

8) The teacher said happily: "You have done well on this exam."

4 根據實際情況回答問題

1) 你們學校最近新建了什麼設施？

2) 你們學校為學生提供了哪些課外活動？

3) 你經常去圖書館借書嗎？借什麼書？

4) 你喜歡買打折的商品嗎？一般買什麼？

5) 去年的母親節，你為媽媽買了什麼禮物？

6) 你買衣服、鞋子時一定會試穿嗎？你退換過買的衣服、鞋子嗎？

5 用所給詞語填空

> 介紹　停　得　找　試　付　逛　端

1) 他的車 _____ 在車庫外面。

2) 我 _____ 一下這雙鞋，可以嗎？

3) _____ 您二十六塊。

4) 爸爸 _____ 出了生日蛋糕。

5) 請你 _____ 一下你的學校。

6) 上次測驗我 _____ 了 86 分。

7) 我可以 _____ 人民幣嗎？

8) 我 _____ 了好幾家服裝店。

6 造句

1) 考試　及格：

2) 別　外套：

3) 接　禮物：

4) 要……了　文具：

5) 最好　不要：

6) 為了　顧客：

7 組詞

1) 上課→ _____　　2) 當然→ _____　　3) 合適→ _____　　4) 禮物→ _____

5) 鮮花→ _____　　6) 香水→ _____　　7) 橡皮→ _____　　8) 減價→ _____

8 寫拼音及意思

① { 龍： _____
　　寵： _____ }

② { 遠： _____
　　園： _____ }

③ { 共： _____
　　供： _____ }

④ { 兩： _____
　　輛： _____ }

⑤ { 坐： _____
　　座： _____ }

⑥ { 式： _____
　　試： _____ }

⑦ { 工： _____
　　功： _____ }

⑧ { 買： _____
　　價： _____ }

⑨ { 白： _____
　　怕： _____ }

9 閱讀理解

①

新學年文具大減價！今天開始所有文具八折起出售。歡迎各位同學和家長來選購（xuǎn gòu）！

天明文具店

八月十五日

②

換季大減價！本週所有外套七折起出售。歡迎光臨（guāng lín）！

新新服裝店

二月二十八日

判斷正誤：

☐ 1) 八月十五日文具店的文具開始減價。

☐ 2) 今天去文具店買一個二十塊的練習本只要付十塊錢。

☐ 3) 新新服裝店的外套只有這個星期打折。

☐ 4) 新新服裝店大減價是因為要換季了。

我叫王建。我快十四歲了。上星期，我求媽媽為我買了一把電吉他作生日禮物，因為我想跟朋友組一個樂隊。我從小就彈鋼琴，平時也喜歡音樂，所以媽媽答應了。

我們上個週末去買吉他。我們逛了幾家樂器店，最後在一個大型樂器城看到了我想要的吉他。它的款式、大小和顏色都是我想要的。很巧，那天樂器城正好在減價，很多鋼琴和吉他都在打折。我看中的那把吉他打八折。原價是三千五百塊，但是我們只花了兩千八百塊。我用省下的錢買了一個吉他套和一個擴音器。

一回到家我就拿出新買的吉他試彈。我一邊彈一邊高興地對媽媽說："謝謝您給我的生日禮物！"

A 選出四個正確的句子

☐ 1) 王建還不到十四歲。

☐ 2) 他們只逛了一家樂器店。

☐ 3) 樂器城所有的吉他都在打折。

☐ 4) 他買的吉他是減價商品。

☐ 5) 除了吉他以外，他還買了吉他套和擴音器。

☐ 6) 他一到家就開始試彈吉他。

B 回答問題

1) 王建為什麼要買吉他？

2) 他看中的那把吉他打幾折？

3) 他喜歡他的生日禮物嗎？

11 寫短文

寫一篇日記，寫一寫你買東西的經歷。你要寫：
• 你是什麼時候，跟誰去買東西的
• 你逛了多長時間，買什麼了
• 你有沒有試穿 / 試戴
• 你買的東西有沒有打折，打幾折
• 你一共花了多少錢

第四課　我的親戚

課文 1

1 猜一猜，上網查意思

① { 校內：＿＿＿＿＿＿
　　 校外：＿＿＿＿＿＿

② { 國外：＿＿＿＿＿＿
　　 國內：＿＿＿＿＿＿

③ { 室內：＿＿＿＿＿＿
　　 室外：＿＿＿＿＿＿

④ { 國際：＿＿＿＿＿＿
　　 校際：＿＿＿＿＿＿

⑤ { 象棋：＿＿＿＿＿＿
　　 圍棋：＿＿＿＿＿＿

⑥ { 課上：＿＿＿＿＿＿
　　 課下：＿＿＿＿＿＿

2 看圖寫短文

　　他是我爸爸。他是工程師。他今天早上七點一刻起牀。他一
起牀就去洗澡。

_____

_____

3 找同類詞語填空

1) 醫院 <u>學校</u> ____ ____

2) 化學 ____ ____

3) 外套 ____ ____ ____

4) 亞洲 ____ ____ ____

5) 中國 ____ ____ ____

6) 飛行員 ____ ____ ____

4 填動詞

1) 你 ____ 過法語嗎？

2) 你 ____ 過國畫嗎？

3) 你 ____ 過象棋嗎？

4) 你 ____ 過毛筆字嗎？

5) 你 ____ 過中文電影嗎？

6) 你 ____ 過什麼寵物？

7) 你 ____ 過什麼中餐？

8) 我 ____ 過一次馬。

9) 我還沒 ____ 過歐洲。

10) 我從來都沒 ____ 過高爾夫球。

5 造句

1) 到過　國家　包括：

2) 國外　旅遊　經濟艙：

3) 理想　飛行員　哪兒：

4) 學校　提供　課外活動：

5) 坐飛機　安全　經常：

6) 不用　擔心　當：

7) 暑假　北京　待：

8) 學習　考試　怕：

例子：

```
新樂進出口公司

     王海生  工程師

          上海靜安區環球大廈 415 室
          電話：18616874585
          電郵：wanghs@gmail.com
```

```
天龍航空公司

     李京東  飛行員

          北京機場大樓 1412 室
          電話：13648777200
          電郵：lijingdong@yahoo.cn
```

你爸爸的名片：

你媽媽的名片：

7 完成對話

1) A: 我要坐火車去上海，我怕坐飛機。

   B: _不用擔心，坐飛機又快又安全。_

2) A: 晚飯以後你要帶狗去散步。

   B: _____

3) A: 我要去超市買點兒水果。

   B: _____

4) A: 你今天要多穿衣服。

   B: _____

5) A: 我要再試一次這件外套。

   B: _____

6) A: 要考試了，你要多複習。

   B: _____

8 用所給詞語看圖完成句子

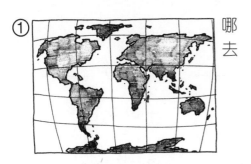

哪去

小明 哪個國家都想去。

哪兒去

小明 _____

什麼吃

小明 _____

怎麼去

小明 _____

9 完成句子

1) 我已經習慣坐飛機旅行了。我 覺得坐飛機很安全。_____

2) 我已經習慣在亞洲生活了。我 _____

3) 聽說你爸爸是飛行員。他是不是 _____

4) 你們一家人是不是每年都 _____

5) 你長大以後是不是想 _____

6) 我到過世界上很多國家，包括 _____

7) 他們家每次坐飛機都 _____

10 填空

A 填名詞

1) 交響 _____   2) 古典 _____   3) 生日 _____   4) 真絲 _____

5) 體育 _____   6) 天氣 _____   7) 寵物 _____   8) 中文 _____

9) 足球 _____   10) 電腦 _____   11) 課外 _____   12) 考試 _____

B 填動詞

1) _____ 足球   2) _____ 吉他   3) _____ 象棋   4) _____ 電腦遊戲

5) _____ 電郵   6) _____ 漢字   7) _____ 體溫   8) _____ 生物課

9) _____ 耳環   10) _____ 蠟燭   11) _____ 校服   12) _____ 自行車

11 填空

爺爺走出了 房間 。

我們搬進了 _____ 。

姐姐穿上了 _____ 。

外婆走下 _____ 。

弟弟跑回 _____ 。

哥哥跑上 _____ 。

12 閱讀理解

王英平時見不到爸爸媽媽，她跟外公外婆住在一起。王英的爸爸是工程師，在國外工作。王英只有放假的時候才(cái)能見到他。王英的媽媽是空中小姐(kōng zhōng xiǎo jiě)，也總是不在家。她去過世界上很多地方，比如歐洲、美洲、大洋洲，還有亞洲的很多國家，但是她沒去過非洲。

王英的外公、外婆很怕坐飛機，他們喜歡坐火車。外公、外婆經常問王英的媽媽怕不怕坐飛機。她說不怕，因為已經習慣了。她還說坐飛機比坐火車和汽車都安全，但是當空中小姐有一點不好——經常要倒時差(dǎo shí chā)。

現在，王英的媽媽不飛太遠的地方了。她一般只飛東南亞(dōng nán yà)的國家。王英的理想也是當空中小姐。

A 選出四個正確的句子

☐ 1) 王英不和爸爸媽媽一起住。

☐ 2) 王英的媽媽沒有去過非洲。

☐ 3) 王英的外公、外婆覺得坐飛機挺安全的。

☐ 4) 王英的媽媽不喜歡倒時差。

☐ 5) 現在王英的媽媽不常飛歐洲。

☐ 6) 王英還沒想好以後要做什麼工作。

B 回答問題

1) 王英為什麼平時見不到爸爸？

2) 她媽媽去過哪些地方？

3) 她媽媽怕坐飛機嗎？為什麼？

4) 她媽媽現在可能飛哪些國家？

C 寫短文

給朋友寫一封電郵，說一說你父母的工作。你要寫：

• 你父母做什麼工作，在哪兒工作

• 他們工作忙不忙

• 他們是不是常出差，常去哪兒出差

• 他們喜不喜歡自己的工作，為什麼

課文 2

13 填空

1) 爸爸的爸爸是 _____。
2) 爸爸的媽媽是 _____。
3) 媽媽的爸爸是 _____。
4) 媽媽的媽媽是 _____。
5) 爸爸的哥哥是 _____。
6) 伯父的妻子是 _____。
7) 爸爸的弟弟是 _____。
8) 叔叔的妻子是 _____。
9) 爸爸的姐妹是 _____。
10) 姑媽的丈夫是 _____。
11) 媽媽的兄弟是 _____。
12) 舅舅的妻子是 _____。
13) 媽媽的姐妹是 _____。
14) 姨媽的丈夫是 _____。
15) 叔叔的兒子是你的 _____ 或者 _____。
16) 姑媽的女兒是你的 _____ 或者 _____。

14 根據實際情況回答問題

1) 你爸爸家有什麼親戚？介紹其中(qí zhōng)一個親戚。

2) 你媽媽家有什麼親戚？介紹其中一個親戚。

3) 你爺爺、奶奶多大歲數(suì shu)了？他們現在住在哪兒？

4) 你有幾個堂兄弟姐妹？介紹其中一個堂兄弟或者堂姐妹。

5) 你長大以後想做什麼？你長大以後想去哪兒工作？

15 模仿例子寫短文

例子：

　　我們家的親戚不太多。我爸爸家有爺爺、奶奶、大伯和姑姑。大伯和伯母沒有孩子。姑姑和姑夫是去年結婚的。他們也沒有孩子。我媽媽家有外公、外婆、舅舅和姨媽。姨媽和姨夫有一個兒子和一個女兒。我舅舅快要結婚了。他未來的妻子是演員。我們家有四口人：爸爸、媽媽、弟弟和我。我和弟弟都是中學生。

小任務　　介紹你家的親戚。

16 閱讀理解

kǒng róng dōng hàn mò nián　　　　kǒng zǐ
　　孔融東漢末年出生，是孔子的第20
dài zǐ sūn　　　　　　　　　pái háng
代子孫。孔融有六個兄弟，他排行第六。

　　　　　　　　　　　　　　　　pú rén
　　孔融四歲的時候，有一天父親讓僕人
zhāi　　　lí
摘了一些梨給大家吃。孔融的兄弟們見到梨都高興得跳了起來。父親讓孔融先拿梨。
　　　　　　　　　　　　qí guài
孔融拿了最小的梨。父親奇怪地問："你
　　　　　　　　　nián jì
為什麼不拿大的？"孔融說："我年紀小，
所以應該吃小的。"
全家人都覺得他
dǒng shì
很懂事。後來，
孔融成了一
位有名的
wén xué jiā
文學家。

回答問題：

1) 孔融是什麼時候出生的？

2) 孔融是孔子的什麼人？

3) 孔融有姐妹嗎？

4) 孔融的兄弟看到梨高興嗎？

5) 孔融為什麼要拿最小的梨？

1) 我有很多親戚，有的住 → 有的……，有的……，還有的……：
在香港，有的住在內地，
還有的住在國外。

2) 我經常跟親戚們見面。 → 跟……見面 小學同學：

3) 我叔叔快要結婚了。 → 快要……了 開始：

4) 明年我要參加兩個婚禮。 → 要 高中：

18 閱讀理解

中國的傳
統家庭是三世
或四世同堂的
大家庭，也
就是說一家
幾代人住在
一起。有些大家庭幾十個人住在同一幢大房
子裏。家裏的很多事都由一家之主，也就
是年紀最大的人決定。在這種家庭裏，長
輩要照顧晚輩，晚輩要孝順長輩。

最近幾十年，中國的家庭結構發生了很
大的變化，傳統的大家庭慢慢地不見了。現
在的年輕人不太喜歡跟父母或者祖父母一起
住，因為他們想有更多的空間。

選擇正確答案：

1) 傳統的中國家庭
————。

a) 一家幾代人住在
一起

b) 年紀最小的人決
定家裏的事

c) 現在還很常見

2) 現在的中國家庭，
————。

a) 年輕人結婚以後
還跟父母一起住

b) 年輕人喜歡跟父
母分開住

c) 年輕人結婚以後
住的房子比較大

19 用所給詞語填空

| 結婚 | 去世 | 見面 | 習慣 | 適合 | 退換 | 吸引 | 歡迎 |

1) 我爺爺去年 ＿＿＿＿ 了。我奶奶現在跟大伯一起住。

2) 打折的衣服一般不可以 ＿＿＿＿。

3) ＿＿＿＿ 你們常來內地看看、玩玩。

4) 我叔叔和阿姨都打算明年五月 ＿＿＿＿。

5) 這種款式的衣服不 ＿＿＿＿ 老人穿。

6) 為了 ＿＿＿＿ 顧客，商場裏所有的商店都在大減價。

7) 她差不多已經 ＿＿＿＿ 了國外的生活。

8) 我經常跟我媽媽家的親戚 ＿＿＿＿。

20 完成對話

1) A: 你爸爸家的親戚多還是你媽媽家的親戚多？

B: ＿＿＿＿＿＿＿＿＿＿＿＿＿＿

2) A: 你經常跟親戚們見面嗎？你們一般什麼時候見面？

B: ＿＿＿＿＿＿＿＿＿＿＿＿＿＿

3) A: 你有姑姑嗎？她結婚了嗎？

B: ＿＿＿＿＿＿＿＿＿＿＿＿＿＿

4) A: 你有舅舅嗎？他結婚了嗎？

B: ＿＿＿＿＿＿＿＿＿＿＿＿＿＿

5) A: 你有表兄弟嗎？你有堂姐妹嗎？

B: ＿＿＿＿＿＿＿＿＿＿＿＿＿＿

6) A: 你媽媽做什麼工作？她經常出差嗎？

B: ＿＿＿＿＿＿＿＿＿＿＿＿＿＿

21 找相關詞語填空

1) 爸爸家的親戚：_____ _____ _____ _____

2) 媽媽家的親戚：_____ _____ _____ _____

3) 學校的設施：_____ _____ _____ _____ _____

4) 課程：_____ _____ _____ _____ _____ _____

5) 愛好：_____ _____ _____ _____ _____ _____

22 翻譯

1) 我家的親戚，有的住在中國，有的住在英國，還有的住在日本。

2) There are many students in the library, some are reading, some are doing homework, some are studying for exams.

3) 我每個月都跟爺爺奶奶見一次面。

4) He doesn't see his relatives often.

5) 我快要放暑假了。我們一家人打算去英國度假。

6) My aunt is about to get married. I will attend her wedding.

7) 她弟弟今年四歲。他還沒上學。

8) It's 6 a.m. He hasn't gotten out of bed yet.

23 配對

1) 大伯　　2) 叔叔　　3) 外婆　　4) 姨媽　　5) 舅舅

a) 嬸嬸　　b) 姨夫　　c) 伯母　　d) 舅媽　　e) 外公

24 閱讀理解

我叫王美。我來介紹一下我家的親戚。我爸爸家有爺爺、奶奶、大伯和姑姑。我爺爺、奶奶現在住在菲律賓 (fēi lǜ bīn)。我大伯家有四口人：大伯、伯母和兩個堂姐。大伯和伯母都是商人，兩個堂姐在上中學。大伯家現在住在新加坡。我姑姑去年剛結婚。姑姑和姑夫現在住在馬來西亞 (mǎ lái xī yà)。

我媽媽家有外公、外婆、舅舅和小姨。我舅舅家有三口人：舅舅、舅媽和表弟。我表弟剛上小學。我小姨快要結婚了。聽說她未來的丈夫是飛行員。明年暑假我們會去上海參加她的婚禮。

我跟親戚們每年只見一次面。我們一般在假期或者春節見面。我跟兩個堂姐關係 (guān xi) 很好。我們常常發電郵、打電話。

A 選出四個正確的句子

☐ 1) 王美的爸爸有一個哥哥。

☐ 2) 她爺爺、奶奶現在住在新加坡。

☐ 3) 她大伯的兩個女兒都是中學生。

☐ 4) 她舅舅還沒有孩子。

☐ 5) 她不常跟親戚們見面。

☐ 6) 她跟堂姐關係比較好。

B 回答問題

1) 王美的大伯做什麼工作？

2) 她姑姑是什麼時候結婚的？

3) 她舅舅有幾個孩子？

4) 她未來的姨夫做什麼工作？

5) 她每年跟親戚見幾次面？

6) 她一般什麼時候跟親戚見面？

C 寫短文

給你的好朋友寫一封信，介紹你家的親戚。你要寫：
- 你爸爸家的親戚，他們的孩子、工作、住處
- 你媽媽家的親戚，他們的孩子、工作、住處
- 你什麼時候跟他們見面

畫龍點睛

　　從前有一座廟，廟裏有一面牆。人們請來一位畫家，請他在牆上畫一些東西。畫家在牆上畫了四條龍。人們都覺得這些龍畫得像真的一樣，但是不知道為什麼牠們沒有眼睛。畫家說："這些龍要是有了眼睛就活了，牠們會飛走。"大家不信，還是要求他給龍畫上眼睛。於是，畫家給兩條龍畫上了眼睛。這時，突然電閃雷鳴，有眼睛的那兩條龍真的飛走了。大家都很害怕，說："另外兩條龍就不用畫眼睛了。"

生詞

1. 龍 lóng dragon
2. 點 diǎn put a dot
   畫龍點睛 huà lóng diǎn jīng add the finishing touch that brings a work of art to life
3. 廟 miào temple
4. 面 miàn a measure word (used for flat and smooth objects)
5. 牆 qiáng wall
6. 請 qǐng invite; request
7. 畫家 huà jiā artist
8. 像……一樣 xiàng…… yí yàng same; as
9. 要是……就…… yào shi…… jiù if
10. 活 huó alive
11. 信 xìn believe
12. 要求 yāo qiú request
13. 這時 zhè shí at this moment
14. 突然 tū rán suddenly
15. 電閃雷鳴 diànshǎn léi míng lightning accompanied by thunder
16. 害怕 hài pà be scared
17. 另外 lìng wài other

A 回答問題

1) 人們請畫家來廟裏做什麼？

2) 畫家在牆上畫了什麼？

3) 他畫的龍怎麼樣？

4) 他為什麼不給龍畫眼睛？

5) 他後來給幾條龍畫上了眼睛？

6) 人們為什麼很害怕？

B 填空

從前有一＿＿＿＿＿廟，廟裏有一＿＿＿＿＿牆。人們請來一＿＿＿＿＿畫家，請他在牆上畫一些東西。畫家在牆上畫了四＿＿＿＿＿龍。

C 翻譯

1) People asked him to draw something on the wall.

2) The artist drew four dragons on the wall.

3) These dragons will come to life if they have eyes.

4) the two dragons with eyes

D 寫意思

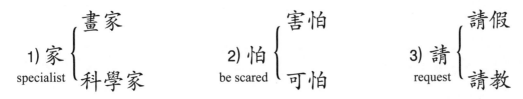

1) 家 { 畫家 / 科學家
specialist

2) 怕 { 害怕 / 可怕
be scared

3) 請 { 請假 / 請教
request

61

第五課　做家務

1 填空

A 填動詞

1) 因為我小時候父母沒有時間 _____ 我，所以我跟姨媽一起住了三年。

2) 跟姨媽一起住的時候，我每天都幫她 _____ 家務。

3) 我奶奶是一個熱心人。她特別樂意 _____ 別人。

4) 我姐姐在美國上寄宿學校。她 _____ 的時候會給我們打電話。

B 填形容詞

1) 我爸爸的脾氣很好。他從來都不 _____。

2) 我小時候很 _____。我自己的事自己做，比如洗衣服、做早飯等。

3) 數學老師對我們非常 _____，所以很多同學不喜歡他。

4) 我外公和外婆都很 _____。他們經常幫助別人。

C 填名詞

1) 我姨媽很有 _____，做什麼事都不着急。

2) 我跟哥哥的 _____ 一樣。我們都喜歡打乒乓球。

3) 我們家是個大家庭。我家有很多 _____。

4) 我父母都是演員。我的 _____ 也是當演員。

2 寫反義詞

1) 貴 → _____　　2) 送 → _____　　3) 難 → _____　　4) 以前 → _____

5) 冷 → _____　　6) 晴 → _____　　7) 高 → _____　　8) 白天 → _____

9) 低 → _____　　10) 右 → _____　　11) 瘦 → _____　　12) 裏面 → _____

3 模仿例子寫短文

例子：

　　這是我小時候的房間。我的
房間不大，但是很舒適。
shū shì

　　我的牀在窗戶旁邊。從窗戶
chuāng hu
望出去，可以看到我們家的花園。
wàng
牀的旁邊是書桌。書桌的右邊是
書架。我的衣櫃在房門的左邊。

小任務

介紹你現在住的房間。

4 根據實際情況回答問題

1) 你小時候跟爺爺奶奶或者外公外婆住過嗎？你跟他們住了幾年？

2) 你父母工作忙嗎？你會幫他們做家務嗎？你會幫他們做什麼家務？

3) 你父母對你嚴格嗎？

4) 你父母的脾氣好嗎？他們常常生氣嗎？

5) 你的性格怎麼樣？

6) 你是個獨立的人嗎？

5 看圖完成句子

我小時候跟爺爺一起住。
爺爺每天都帶我去散步。

我們每天都 _____

_____

公園裏 _____

_____

我們還經常 _____

_____

6 造句

1) 對……嚴格　考試：

2) 做家務　越來越：

3) 好朋友　性格：

4) 善良　幫助：

5) 耐心　生氣：

6) 照顧　晚飯：

7) 上大學　想家：

8) 年底　開始：

7 填空

王老師是我們的漢語老師。她脾____很好，從來都不____氣。她對我們挺嚴____的，但是我們都很喜____她。

王老師　周運明　毛京生　高雲

周運明很獨____。因為他學習很____力，所以每次考____都能得高分。毛京生跟我____歲。他很____良，經常幫____我。高雲很有____心，做什麼事都不着急。她是個好人。我跟他們是好朋友。我們每天都在一起。

8 閱讀理解

11 月 28 日星期五　　　　　　晴

　　今天下午我去了小顧家。小顧是天生(shēng)的歌手(gē shǒu)。她唱歌唱得特別好，我也非常喜歡唱歌。我們倆從下午三點唱到五點。我們唱了英文歌，也唱了中文歌；唱了老歌，也唱了新歌。我們一共唱了二十多首(shǒu)歌。唱完以後我們訂(dìng)了一個比薩餅當晚飯。

　　小顧是我最好的朋友。她今年年底就要轉學(zhuǎn xué)了，因為她要跟父母一起去國外生活。我一定會很想她。

回答問題：

1) 小顧唱歌唱得怎麼樣？

2) 她們唱了多長時間歌？

3) 她們唱了什麼歌？

4) 小顧明年還在現在的學校上學嗎？為什麼？

① 我八歲的時候養了一隻小鳥。我每天都餵牠。有一天我忘（wàng）了關（guān）籠子。牠飛走了，再也沒有回來。

② 我小時候學過鋼琴。其實我一點兒都不喜歡彈鋼琴。我父母總是逼（bī）我練鋼琴。我常常一邊彈一邊哭（kū）。

③ 我上小學以前住在農村（nóng cūn）的外婆家。那時候外婆養了好幾隻雞。有一天外婆殺（shā）了一隻雞。我哭了一天。

④ 我小時候像男生一樣，特別調皮（tiáo pí）。那時候我經常跟男生一起玩。如果他們不跟我玩，我會不高興。

小任務 寫一寫你小時候有意思的事。

10 翻譯

1) 我今天早上沒有時間吃早飯。

2) I didn't have time to do my homework last night.

3) 今天晚飯我們去飯店吃吧！

4) Let's go and buy a present for her.

11 閱讀理解

在所有的親戚中，我最喜歡大姨。大姨是音樂老師。她比我媽媽大五歲。姨夫是警(jǐng)察(chá)。他每天都很忙。表姐比我大兩歲，今年上高一。

大姨一家人住在北京。每年暑假，媽媽都帶我去看大姨。我們每次都住在大姨家。雖然表姐比我大，但是我們很合(hé)得(de)來(lái)。

大姨心地(xīn dì)善良，很有耐心，很少生氣。她每天都為我們做飯。她做的餃子比飯店做的還好吃。她教我們做家務。她說會做家務的孩子更聰明。她還教我們彈鋼琴。她對我們十分(shí fēn)嚴格，讓我們每天都彈半個小時鋼琴，有時候還讓我們比賽。

我覺得在大姨家生活讓我更獨立了。明年暑假我還要去大姨家。

A 選出四個正確的句子

☐ 1) 在所有的親戚中，她跟大姨最親。

☐ 2) 她表姐是高中生。

☐ 3) 大姨的脾氣不太好。

☐ 4) 大姨做的餃子特別好吃。

☐ 5) 大姨覺得學生不用做家務。

☐ 6) 大姨教她彈鋼琴的時候非常嚴格。

B 回答問題

1) 她大姨做什麼工作？

2) 她姨夫工作忙不忙？

3) 她每年暑假都去哪兒？

4) 她大姨的性格怎麼樣？

5) 她在大姨家的時候每天彈多長時間鋼琴？

C 寫短文

寫一寫你最喜歡的親戚。你要寫：

• 你最喜歡的親戚是誰

• 他 / 她的工作、愛好、家人

• 你為什麼喜歡他 / 她

67

12 填空

A 填動詞

1) 我經常給堂姐 _____ 電郵。

2) 我想讓媽媽給我 _____ 紙杯蛋糕。

3) 我喜歡做飯，但是我不喜歡 _____ 房間。

4) 吃完晚飯以後，我會 _____ 桌子、洗碗。

5) 今天奶奶要給我 _____ 蛋炒飯。

6) 吃飯以前，我會把碗筷 _____ 好。

B 填名詞

1) 你今年 _____ 打算怎麼過？

2) 她最近很忙，沒有時間做 _____ 。

3) 我很喜歡吃 _____ 炒雞蛋。

4) 我很喜歡她的 _____ 。她很善良，很有耐心。

5) 我爸爸 _____ 很忙，還經常出差。

6) 我們家的 _____ 都住在國外。

13 猜一猜，上網查意思

1) 歐元：_____ 2) 離婚：_____ 3) 好久不見：_____

4) 耐熱：_____ 5) 良心：_____ 6) 世界杯：_____

7) 錢包：_____ 8) 富有：_____ 9) 外國人：_____

14 看圖完成句子

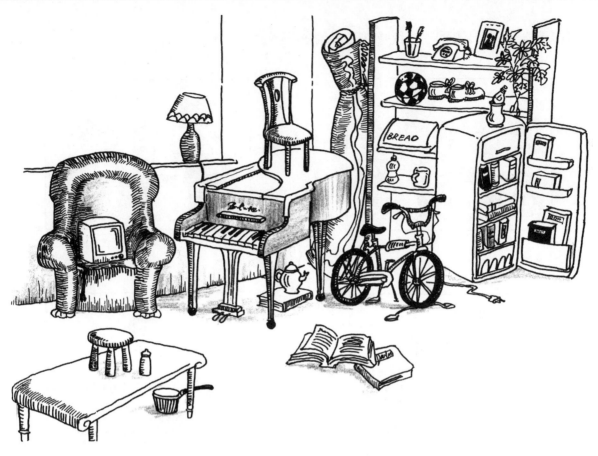

1) 椅子不應該放在鋼琴上，應該放在地上。_____

2) 書不應該放在 _____

3) 電視不應該放在 _____

4) 鞋子 _____

5) 足球 _____

6) 杯子和牙刷 ^{yá shuā} _____

7) 鍋 ^{guō} _____

8) 茶壺 ^{chá hú} _____

9) 小凳子 ^{dèng zi} _____

結構：吃飯以前，我會把碗筷擺好。

①
拿走
姐姐

②
做好
外婆

③
擦乾淨
哥哥

④
做完
弟弟

16 看圖寫短文

這個房間裏有牀

_____

_____

_____

_____

_____

你可以用

xiāng zi	hǎi bào	bàng qiú gùn	dì tǎn	tái dēng	lán qiú jià
a) 箱子	b) 海報	c) 棒球棍	d) 地毯	e) 枱燈	f) 籃球架

17 用所給結構及詞語看圖寫句子

結構：我已經在姑姑家待了兩個星期了。

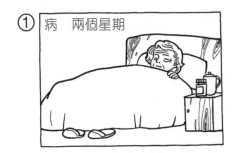

① 病　兩個星期

② 學漢語　三年

③ 唱歌
半小時

④ 游泳　一個小時

18 閱讀理解

中國上個世紀八十年代初實行了計劃生育，一對夫婦只能生一個孩子。

獨生子女政策給中國的家庭帶來了一些問題。獨生子女受到太多人的寵愛。祖父母、外祖父母寵愛他們，父母也寵愛他們。孩子要什麼就有什麼。很多孩子都比較自我，脾氣也不太好。他們好吃懶做，自理能力差。父母因為"望子成龍"，會花錢給孩子上各種補習班、興趣班。他們還會把孩子送到國外上中學、上大學。

選出四個正確的句子：

獨生子女政策給中國家庭帶來的問題：

☐ 1) 祖父母特別寵愛孩子。

☐ 2) 父母非常寵孩子。

☐ 3) 孩子很愛父母。

☐ 4) 不少獨生子女自我為中心。

☐ 5) 很多獨生子女不能自己照顧自己。

☐ 6) 獨生子女都愛學習。

家人	性格							
	善良	熱心	有耐心	愛乾淨	樂意幫助別人	喜歡照顧別人	嚴格	脾氣不好
爸爸								
媽媽								
爺爺								
奶奶								
外公								
外婆								

20 用所給結構及詞語造句

1) 其實，姨媽對我挺嚴格的。
 →漢語老師　學生：

2) 我已經在姑姑家待了兩個星期了。
 →學漢語　五年：

3) 我跟姨媽很少見面，因為她工作很忙。
 →爺爺奶奶　國外：

4) 我每天都幫姑姑做家務。我越來越獨立了。
 →中文小說　漢語：

5) 吃飯以前，我會把碗筷擺好。
 →晚飯　擦乾淨：

6) 我父母工作很忙，沒有時間照顧我。
 →作業　電影：

21 閱讀理解

我叫王聰。我從小學四年級就開始做家務了。上學忙的時候我不做家務，但是週末、假期，我會幫媽媽做一些家務。

週末和放假的時候，我差不多每次吃飯以前都幫媽媽擦桌子、擺碗筷。媽媽做飯時我會幫她洗菜、切菜(qiē cài)。我還會把做好的菜擺在桌子上。吃完飯，我會收拾碗筷，有時候也會洗碗，但是媽媽總是說我洗的碗不乾淨。

在所有家務中，我最喜歡做飯。我從小就喜歡幫媽媽包餃子、做麵條、做米飯、炒簡單的菜。我還會烤紙杯蛋糕。

媽媽不讓我熨(yùn)衣服，因為她怕我燙傷(tàng shāng)，也怕我把衣服熨壞(huài)了。

A　選出四個正確的句子

□ 1) 王聰上小學的時候就開始做家務了。

□ 2) 他假期沒有時間幫媽媽做家務。

□ 3) 吃飯以前，他會幫媽媽做家務。

□ 4) 他一點兒都不喜歡做飯。

□ 5) 他會包餃子、炒簡單的菜。

□ 6) 媽媽不讓他熨衣服。

B　回答問題

1) 他是什麼時候開始做家務的？

2) 吃完飯以後，他會幫忙做什麼？

3) 他洗碗洗得怎麼樣？

4) 他會做什麼麵食？

5) 媽媽為什麼不讓他熨衣服？

C　寫短文

寫一寫你平時在家裏做家務的情況。你要寫：

• 你是從什麼時候開始做家務的

• 你一般什麼時候做家務，做什麼家務

• 你最喜歡／不喜歡做什麼家務

鐵杵磨針

唐代詩人李白，小時候不努力讀書。有一天，因為功課太難了，所以他做了一半就出去玩了。在路邊，他看見一位老奶奶正在磨刀石上磨一根鐵杵。李白好奇地問老奶奶："老奶奶，您在幹什麼？"老奶奶說："磨針。""磨針？這怎麼可能？"李白又問。老奶奶說："鐵杵雖然很大，但是我天天磨。天長日久，鐵杵就能磨成針。"聽了老奶奶的話，李白覺得很有道理。從那天開始，他天天都努力學習。後來，李白成了中國歷史上最偉大的詩人。

生詞

1 杵 chǔ pestle　鐵杵 tiě chǔ iron pestle

2 磨 mó grind

3 針 zhēn needle

鐵杵磨針 tiě chǔ mó zhēn constant dripping wears away the stone

4 唐代 táng dài Tang Dynasty (618-907)

5 詩人 shī rén poet

6 李白 lǐ bái (701-762) a famous poet in the Tang Dynasty

7 讀書 dú shū study

8 磨刀石 mó dāo shí grindstone

9 根 gēn a measure word (used for long, thin piece)

10 好奇 hào qí curious

11 天長日久 tiān cháng rì jiǔ after a long period of time

12 道理 dào lǐ reason

13 成 chéng become

14 偉大 wěi dà great

A 判斷正誤

☐ 1) 李白小時候是一個努力學習的孩子。

☐ 2) 有一天，李白沒有做完作業就出去玩了。

☐ 3) 老奶奶在路邊磨針。

☐ 4) 李白聽了老奶奶的話以後開始努力讀書。

B 翻譯

1) He asked the grandma curiously.

2) How can this be possible?

3) after a long period of time

4) Later, Li Bai became the greatest poet in Chinese history.

C 寫意思

1) 詩
poem
{ 詩人
詩歌
唐詩

2) 路
road
{ 道路
公路
水路

3) 久
for a long time
{ 日久天長
好久不見
不久

D 讀一讀，記一記

1) 漢代（朝）公元前 206 年－公元 220 年
　　hàn dài　　*cháo*

2) 唐代（朝）公元 618 年－公元 907 年
　　táng dài　　*cháo*

3) 元代（朝）公元 1206 年－公元 1368 年
　　yuán dài　　*cháo*

4) 明代（朝）公元 1368 年－公元 1644 年
　　míng dài　　*cháo*

5) 清代（朝）公元 1616 年－公元 1911 年
　　qīng dài　　*cháo*

第六課　養寵物

1 填空

A 填動詞

1) 養寵物可以 _____ 責任心。

2) 通過養寵物，我學會了 _____ 別人，照顧別人。

3) 每個學生都應該學會 _____ 時間。

4) 如果讓我再養一個寵物，我還會 _____ 養狗。

5) 我每天都帶小狗去 _____ 。

6) 媽媽煮飯的時候我會 _____ 。

B 填形容詞

1) 狗又可愛又 _____ 。

2) 我覺得我很 _____ ，因為父母讓我養寵物。

3) 媽媽總是說我很 _____ ，因為我什麼家務都不做。

4) 我外公外婆很 _____ ，他們樂意幫助別人。

5) 妹妹越來越 _____ 了。她什麼事情都自己做。

6) 我們的英文老師對學生太 _____ 了。很多學生都不喜歡他。

2 造句

1) 比較　懶　家務：

2) 挺　獨立　事情：

3) 很　善良　樂意：

4) 特別　聰明　學習：

3 閱讀理解

親愛的家正：

　　你好！

　　好久沒有給你寫信了。你最近好嗎？

　　我最近養了一隻貓。牠的毛是黑色
的。牠長得虎頭虎腦的，像小老虎一樣，
所以我叫牠 "小虎子"。小虎子活潑可
愛，還很聰明。牠喜歡吃魚、蝦，還喜
歡睡覺。牠喜歡跟我一起睡覺，但是
媽媽不讓牠上我的牀。

　　我還要告訴你，上個星期我養的一
條大金魚死了。這條金魚我養了三年了。
我很傷心。

　　祝好！

　　　　　　　　　　　　　　　　明明

　　　　　　　　　　　　　　十月七日

回答問題：

1) 明明家養了什麼寵物？

2) 小貓的毛什麼顏色？

3) 他為什麼叫小貓 "小虎
子" ？

4) 小虎子喜歡吃什麼？

5) 小貓能在明明的牀上睡
覺嗎？為什麼？

6) 明明的金魚養了幾年
了？

4 完成句子

新年到了。新的一年裏：

1) 在學習方面，我要＿＿＿＿＿＿＿＿＿＿＿＿＿

2) 在課外活動方面，我要＿＿＿＿＿＿＿＿＿＿＿

3) 在生活方面，我要＿＿＿＿＿＿＿＿＿＿＿＿＿

4) 在＿＿＿＿＿＿ 方面，＿＿＿＿＿＿＿＿＿＿＿

5 用所給結構寫短文

① 我哥哥很有 ┌ 愛心。
　　　　　　 ├ 耐心。
　　　　　　 └ 責任心。

② 小弟弟很 ┌ 善良。
　　　　　 ├ 獨立。
　　　　　 ├ 可愛。
　　　　　 ├ 懶。
　　　　　 ├ 聰明。
　　　　　 ├ 活潑。
　　　　　 └ 好動。

③ 小妹妹要學會 ┌ 管理時間。
　　　　　　　 ├ 關心別人。
　　　　　　　 └ 照顧別人。

④ 我喜歡 ┌ 他的性格。

介紹你的一個好朋友。

我來介紹一下我的好朋友。

_____

_____

_____

_____

⑤ 姐姐 ┌ 脾氣很好。
　　　 ├ 學習不好。
　　　 └ 工作很忙。

6 造句

1) 不但……，還……　照顧：

2) 好處　培養：

3) 在……方面　進步：

4) 如果　選擇：

5) 又……又……　快樂：

6) 幸運　父母：

7 閱讀理解

　　五年前的一天，我跟爸爸去花鳥市場 買了十條小金魚。這些金魚有紅色的、黑色的、黃色的和白色的。每條都很可愛。爸爸還買了一個大魚缸，讓小魚快樂地游來游去。

　　一星期後，我發現一條小金魚死了。到第十天，十條金魚只剩下兩條了。後來我才知道，這些魚的品種不同，所以牠們互相咬。

　　後來，爸爸又買了十條相同品種的金魚。這些金魚現在已經長得又大又肥了。

　　我負責照顧這些魚。我每天都餵牠們，每週都給牠們換一次水。我還在魚缸裏養了一些水草。養金魚雖然比養貓、養狗容易一些，但也培養了我的責任心和愛心。

回答問題：

1) 他家的金魚是在哪兒買的？

2) 十天以後，魚缸裏還剩下幾條金魚？

3) 那些金魚是怎麼死的？

4) 他要為金魚做什麼？

5) 他還在魚缸裏養了什麼？

6) 通過養魚，他有哪些進步？

8 寫出帶點字的意思

① ⎧ 方面：_____
　 ⎨ 放學：_____
　 ⎩ 房間：_____

② ⎧ 請問：_____
　 ⎨ 晴天：_____
　 ⎩ 事情：_____

③ ⎧ 交朋友：_____
　 ⎨ 比較：_____
　 ⎩ 學校：_____

④ ⎧ 裏面：_____
　 ⎩ 管理：_____

⑤ ⎧ 中國：_____
　 ⎩ 忠誠：_____

⑥ ⎧ 管理：_____
　 ⎩ 圖書館：_____

9 用所給結構及詞語造句

1) 我一到家就去看我的小鳥。

→ 時間　跟……玩：

2) 我現在越來越喜歡烤紙杯蛋糕了。

→ 獨立　事情：

3) 我們學校最近又建了一個圖書館。

→ 養　十條金魚：

4) 這隻狗，我已經養了五年了。

→ 貓　三年：

5) 弟弟很懶。他什麼事情都不想做。

→ 喜歡　寵物　養：

6) 吃飯以前，我會把碗筷擺好。

→ 做作業　房間　收拾：

10 完成句子

1) 一個盒飯只賣二十塊，挺便宜的。

2) 買一隻小狗要五千塊，＿＿＿＿＿＿＿＿＿＿

3) 一副耳環要兩萬多塊，＿＿＿＿＿＿＿＿＿＿

4) 這幢大樓只有十層，＿＿＿＿＿＿＿＿＿＿

5) 今天所有文具都打三折，＿＿＿＿＿＿＿＿＿＿

6) 這條裙子不長也不短，＿＿＿＿＿＿＿＿＿＿

7) 坐高鐵從上海到北京只要六個小時，＿＿＿＿＿＿＿＿＿＿

8) 他的很多事都是媽媽幫他做的，他＿＿＿＿＿＿＿＿＿＿

你可以用

a) 非常貴
b) 特別便宜
c) 很合適
d) 太貴了
e) 不太獨立
f) 不算高
g) 挺快的

11 閱讀理解

去年夏天朋友送了我們家兩隻活潑、可愛的小貓。我們從來都沒養過貓，所以我們先去商店買了貓糧 (māo)、小貓睡覺用的籃子 (lán zi)、吃飯用的碗、喝水用的盤子 (pán) 和牠們的玩具。

小貓"住"在陽台 (yáng tái) 上。我要經常打掃 (dǎ sǎo) 陽台，有時候還要帶牠們去寵物診所看醫生。我每天放學回家後第一件事就是餵牠們，跟牠們玩。有了貓以後，我比以前忙了。

幾個月下來，我在時間管理方面有了很大的進步。我以前挺懶的，做事情很慢。現在我做作業比以前快多了，我還比以前更有耐心和愛心了。

今年暑假，因為我們全家 (quán jiā) 要去外國旅行兩個星期，所以只好把小貓寄養 (jì yǎng) 在大姨家。

A 選出四個正確的句子

☐ 1) 這兩隻小貓是在寵物店買的。

☐ 2) 這是他們第一次養貓。

☐ 3) 他們沒給小貓買吃的。

☐ 4) 小貓到他家以後生過病。

☐ 5) 他現在比養貓以前會管理時間了。

☐ 6) 他們出國旅行的時候會把小貓寄養在大姨家。

B 回答問題

1) 他們為小貓買了什麼？

2) 他要為小貓做什麼？

3) 放學回家以後他馬上做什麼？

4) 養貓以後，他有了哪些進步？

C 寫短文

假設你得到了一個寵物。給你的朋友寫一封電郵。你要寫：

• 你是什麼時候、怎麼得到這個寵物的

• 牠叫什麼，多大了

• 你為牠做了什麼

• 養寵物讓你有了什麼進步

12 填空

A 填動詞

1) 他家的小狗一看見生人就亂 _____ 。

2) 我的房間經常被小狗 _____ 髒。

3) _____ 狗糧要花很多錢。

4) 這次小貓生病，我 _____ 了一千塊醫藥費。

5) 給小狗 _____ 預防針也挺貴的。

6) 如果出去旅行，我不得不 _____ 小狗去朋友家。

7) 我認為 _____ 寵物的好處比壞處多。

B 填形容詞

1) 這件外套一千塊，_____ 得要命。

2) 家裏常常被小狗弄得很 _____ 。

3) 我的房間很 _____ ，地上什麼東西都有。

4) 寵物寄養中心的費用也不 _____ 。

13 翻譯

1) 今天熱得要命。我哪兒都不想去。

5) 為了不讓小狗生病，我不得不帶牠去打預防針。

2) It's terribly cold in Beijing in winter.

6) In order to do well in the coming Chinese test, I have to revise every night.

3) 人人都説漢語很有用。

7) 沙發被小狗弄髒了。

4) He swims every day all year round.

8) The dog messed up my homework.

14 用所給結構及詞語看圖寫句子

結構：我的房間常常被小狗弄髒。

① 買走

那隻狗被買走了。

② 弄亂

③ 搬走

④ 騎走

15 用所給結構完成句子

結構：你最好不要養狗，因為你的房間可能會被小狗弄髒。

1) 你最好不要坐汽車去廣州，因為路上要 ＿＿＿＿＿＿＿＿＿＿＿＿

2) 你最好不要給媽媽買香水，因為 ＿＿＿＿＿＿＿＿＿＿＿＿

3) 你最好不要給爸爸買鞋，因為 ＿＿＿＿＿＿＿＿＿＿＿＿

4) 你最好不要買這個計算器，因為 ＿＿＿＿＿＿＿＿＿＿＿＿

5) 你長大以後最好不要當飛行員，因為 ＿＿＿＿＿＿＿＿＿＿＿＿

6) 你今天最好不要玩兒電腦遊戲，因為 ＿＿＿＿＿＿＿＿＿＿＿＿

龜兔賽跑
(guī tù sài pǎo)

有一天，兔子(tù zi)要跟烏龜(wū guī)賽跑，看誰先跑到大樹下。

比賽開始了，兔子一下子(yí xià zi)就跑了很遠。牠回頭(huí tóu)看到烏龜還在後面慢慢地爬(pá)。牠想"我一定會贏(yíng)的"，所以牠停下來休息了一下，睡了一覺。

烏龜在後面爬啊爬。烏龜爬到兔子身邊時，累得要命，但是牠沒有停下來。烏龜快爬到大樹下時，兔子醒(xǐng)了，牠看到烏龜快要爬到了，很着急，可是已經太晚了。最後烏龜贏了。

選出四個正確的句子：

☐ 1) 賽跑開始時，兔子領先。

☐ 2) 兔子停下來休息了一下，然後再跑。

☐ 3) 看到兔子跑得很快，烏龜很着急。

☐ 4) 雖然烏龜很累，但是牠還是不停地爬。

☐ 5) 烏龜快爬到大樹下時，兔子醒了。

☐ 6) 看到烏龜快爬到終點了，兔子很着急。

1) 費 { 費用：＿＿＿＿ 學費：＿＿＿＿ }
fee

2) 糧 { 狗糧：＿＿＿＿ 糧食：＿＿＿＿ }
food

3) 藥 { 醫藥費：＿＿＿＿ 中藥：＿＿＿＿ }
medicine

4) 類 { 人類：＿＿＿＿ 種類：＿＿＿＿ }
type

5) 寄 { 寄養：＿＿＿＿ 寄宿：＿＿＿＿ }
deposit

6) 預 { 預防針：＿＿＿＿ 天氣預報：＿＿＿＿ }
in advance

18 用所給結構及詞語看圖完成句子

結構：小狗把我的房間弄髒了。

弟弟 ＿＿＿＿
＿＿＿＿

小狗 ＿＿＿＿
＿＿＿＿

姐姐 ＿＿＿＿
＿＿＿＿

我 ＿＿＿＿
＿＿＿＿

19 閱讀理解

　　很久以前，玉皇大帝（yù huáng dà dì）要獎賞（jiǎngshǎng）世界上最高貴的動物（gāo guì dòng wù）。所有的動物都認為（rèn wéi）自己是最高貴的。於是（yú shì）玉皇大帝決定舉行（jǔ xíng）一場比賽，看誰跑得最快。

　　動物們個個拿出自己的本領（běn lǐng）。老鼠（lǎo shǔ）最聰明，牠騎在牛背（bèi）上。到終點（zhōng diǎn）時，牠從牛背上跳下來，得了第一名。牛得了第二，老虎第三，兔子第四，龍第五，蛇（shé）第六，馬第七，第八是羊（yáng），第九是猴子（hóu zi），第十、十一是雞和狗，最後一名是豬。從那以後，這十二種動物就成了十二生肖（shēngxiào），也叫屬相（shǔ xiàng）。

回答問題：

1) 玉皇大帝用什麼方法來選世界上最高貴的動物？

2) 在這場比賽中誰跑得最快？

3) 為什麼老鼠能得第一名？

4) 跑得最慢的是哪個動物？

養狗的好處

- 培養責任心、愛心和耐心
- 學會管理時間
- 學會關心別人、照顧別人
- 學會做家務
- 養成好習慣
- 給自己帶來快樂

養狗的壞處

- 弄髒房間
- 弄亂東西
- 弄壞家具
- 費用貴
- 花費時間
- 很吵

例子：

　　我認為養狗的好處比壞處多。我是從今年年初開始養狗的。養狗給我帶來了不少快樂。

　　我的小狗又聰明又忠誠。牠每天下午都坐在門口（mén kǒu）等我放學回家。我每天都花大約兩個小時帶牠散步、跟牠玩。

　　養狗以後，我養成了一些好習慣，比如我每次做完作業後會收拾書桌，睡覺前會收拾房間。我還學會了管理時間。我一放學回家就做作業，然後再玩。

　　總之（zǒng zhī），我很喜歡我的小狗。我覺得養寵物有很多好處。

你可以用

a) 我認為養狗的壞處比好處多，因為我每天都要花很多時間跟狗玩，每個月都要花很多錢。

b) 今年我很忙。因為我每天晚上都要帶狗去散步，要跟狗玩，所以我有時候沒有時間做作業。有一次我沒做完作業就去上學了，老師很不高興。

c) 我父母覺得養狗的費用挺貴的。

d) 養小狗很麻煩（má fan）。牠會隨地大小便，還會把房間弄髒，把家具弄壞。

21 閱讀理解

朋友田明最近養了一隻小狗。因為牠身上的毛是咖(kā)啡色(fēi sè)的，長得又像一隻小老虎，所以田明叫牠"虎子"。虎子很愛吃狗糧，還喜歡睡覺，所以牠有點兒胖。

虎子很聰明、好動，但是一點兒也不吵。我每次去田明家，牠都會過來跟我玩。田明的媽媽愛乾淨，虎子也很聽話(tīng huà)，從來都不隨地大小便。

看到虎子這麼可愛，這麼聽話，我也想養狗了。可是田明告訴我，他們已經帶虎子看過好幾次寵物醫生了。醫藥費加上狗糧，每個月都要支付(zhī fù)一筆不小的費用。養狗也有麻煩。有時候家裏也會被虎子弄亂、弄髒，他媽媽也會生氣。不過，田明還是覺得養寵物給他帶來了很多快樂。

A 選出四個正確的句子

☐ 1) 虎子是咖啡色的。

☐ 2) 虎子有點兒胖，因為牠喜歡吃東西，還愛睡覺。

☐ 3) 虎子有點兒吵。

☐ 4) 虎子知道應該去哪裏大小便。

☐ 5) 虎子不但可愛還很聽話。

☐ 6) 田明的媽媽從來都不生虎子的氣。

B 回答問題

1) 田明的狗為什麼叫"虎子"？

2) 為什麼"我"也想養狗了？

3) 為什麼田明家每個月都要為虎子花不少錢？

4) 為什麼田明覺得養狗也有麻煩？

C 寫短文

參考第 19 題，寫一寫養寵物的好處或者壞處。你要寫：

• 要為寵物做什麼

• 養寵物的費用

• 養寵物的好處 / 壞處

熟能生巧

　　從前，有一個姓陳的人射箭射得很好，因此非常驕傲。有一天，他在練習射箭，有一個賣油的老人正好走過，就停下來看。他射了十箭，每枝箭都正中紅心。他很得意，但老人只點點頭，沒有叫好。他不太高興，問："你會射箭嗎？"老人說："我不會射箭，但我可以倒油給你看看。"說完，老人把一個葫蘆放在地上，然後在葫蘆口放了一個有孔的銅錢，慢慢地往葫蘆裏倒油。油像一條細線，從錢孔流進了葫蘆裏，一點兒都沒沾到銅錢。老人說："這只是熟能生巧。"姓陳的人聽了，覺得很不好意思。

生詞

shú
❶ 熟 experienced

shēng
❷ 生 cause

qiǎo
❸ 巧 skilful; clever

shú néng shēng qiǎo
熟能生巧 practice makes perfect

chén
❹ 陳 a surname

shè jiàn
❺ 射箭 shoot an arrow

jiāo ào
❻ 驕傲 arrogant

lǎo rén
❼ 老人 old man or woman

zhèng hǎo
❽ 正好 happen to

zhèng
❾ 正 exactly

zhòng
❿ 中 hit

dé yì
⓫ 得意 proud of oneself

diǎn tóu
⓬ 點頭 nod one's head

jiào hǎo
⓭ 叫好 applaud

dào
⓮ 倒 pour

hú lu
⓯ 葫蘆 bottle gourd

kǒng
⓰ 孔 hole

tóng qián
⓱ 銅錢 copper coin

màn
⓲ 慢 slow

xì
⓳ 細 thin

xiàn
⓴ 線 thread

liú
㉑ 流 flow

zhān
㉒ 沾 touch

bù hǎo yì si
㉓ 不好意思 embarrassed

A 回答問題

1) 姓陳的人為什麼非常驕傲？

2) 他練習射箭時誰正好走過？

3) 他為什麼不太高興？

4) 老人為什麼倒油倒得很好？

B 翻譯

1) An old man who sells oil happened to pass by.

2) Every arrow has hit the bull's-eye.

3) The old man only nodded his head, and did not applaud.

4) It is simply practice that makes perfect.

C 寫意思

 1) 箭 arrow ｛ 射箭 / 火箭

 2) 銅 copper ｛ 銅錢 / 銅器

 3) 線 thread ｛ 毛線 / 電線

D 寫意思

① ｛ 射：＿＿＿＿＿ / 謝：＿＿＿＿＿

② ｛ 前：＿＿＿＿＿ / 箭：＿＿＿＿＿

 ③ ｛ 到：＿＿＿＿＿ / 倒：＿＿＿＿＿

④ ｛ 同：＿＿＿＿＿ / 銅：＿＿＿＿＿

第二單元　複習

第四課

課文 1 飛行員　世界　國家　亞洲　歐洲　美洲　南美洲　北美洲　非洲
南非　大洋洲　包括　經濟艙　頭等艙　安全　其實　不用　習慣
工程師　國外　旅行　旅遊　理想　當　哪兒

課文 2 親戚　內地　有的　見面　大伯　伯母　姑姑　姑夫　丈夫　妻子
嬸嬸　姨媽　姨夫　小姨　舅舅　舅媽　孩子　兒子　女兒　堂哥
堂弟　表姐　表妹　去世　婚禮　結婚　未來　演員

第五課

課文 1 父母　照顧　嚴格　脾氣　耐心　生氣　善良　樂意　別人　幫助
性格　獨立　越來越　家務　想家　還　年底

課文 2 好久　平時　幫忙　碗　筷　擺　把　擦　乾淨　簡單　捲心菜
菜花　西紅柿　烤　紙杯　收拾

第六課

課文 1 好處　培養　責任心　愛心　關心　管理　通過　進步　方面　比較
懶　事情　不但……，還……　選擇　忠誠　幸運

課文 2 要命　隨地　大便　小便　弄　髒　被　狗糧　預防　打針　至少
寄養　不得不　費用　醫藥費　人類　人人　認為　壞處

句型：

1) 他是不是去過世界上所有的國家？

2) 我哪兒都可以去。

3) 我有很多親戚，有的住在香港，
有的住在內地，還有的住在國外。

4) 我經常跟他們見面。

5) 其實，姨媽對我挺嚴格的。

6) 我越來越獨立了。

7) 我已經在這裏待了兩個星期了。

90

8) 吃飯以前，我會把碗筷擺好。

9) 通過養寵物，你在這些方面有了什麼進步？

10) 他家的兩隻小狗一看見我就叫，吵得要命。

11) 家裏的東西常被牠們弄得很亂。

問答：

1) 他是不是去過世界上所有的國家？　　當然沒有，但是他去過亞洲、歐洲、非洲、北美洲、南美洲和大洋洲的一些國家。

2) 你媽媽會擔心嗎？　　她有時候會擔心，但差不多已經習慣了。

3) 你姑姑有幾個孩子？　　姑姑和姑夫有兩個女兒，是我表姐和表妹。

4) 你舅舅和舅媽有孩子嗎？　　舅舅和舅媽還沒有孩子。

5) 你小姨什麼時候結婚？　　我小姨明年六月結婚。

6) 在你的親戚中，你跟誰最親？　　我跟姨媽最親，因為我小時候在姨媽家住了三年。

7) 你現在常跟姨媽見面嗎？　　我們現在很少見面。

8) 你在姑姑家做什麼家務？　　每次姑姑做飯以前，我都會幫她洗菜。姑姑做飯的時候我也會幫忙。

9) 你不喜歡做什麼家務？　　我不太喜歡收拾房間、洗碗。

10) 你們家養寵物嗎？　　我們家有兩隻狗。

11) 你覺得養寵物有什麼好處？　　養寵物可以培養我的責任心、愛心和耐心，讓我學會關心別人，還能學會管理時間。

12) 你要為牠們做什麼？　　我每天都要餵牠們，還要經常給牠們洗澡。

13) 養狗有什麼壞處？　　養狗要花很多錢，還要花很多時間。家裏還可能被弄髒，東西可能被弄亂。

1 找同類詞語填空

1) 堂兄 ＿＿＿＿ ＿＿＿＿ ＿＿＿＿

2) 飛行員 ＿＿＿＿ ＿＿＿＿ ＿＿＿＿

3) 洗碗 ＿＿＿＿ ＿＿＿＿ ＿＿＿＿

4) 獨立 ＿＿＿＿ ＿＿＿＿ ＿＿＿＿

2 詞語歸類

中國　英國　美國　法國　加拿大　日本　新加坡　西班牙　德國　俄羅斯		
亞洲	歐洲	美洲

3 詞語歸類

爺爺　外公　姨媽　奶奶　大伯　外婆　舅舅　叔叔　姑姑	
爸爸家	媽媽家

4 用所給詞語填空

結婚　照顧　幫助　培養　管理　弄

1) 媽媽工作很忙，沒有時間 ＿＿＿＿ 寵物。

2) 小狗把家裏的沙發 ＿＿＿＿ 髒了。

3) 我小姨要 ＿＿＿＿ 了。

4) 我每天都 ＿＿＿＿ 媽媽做家務。

5) 養寵物能 ＿＿＿＿ 孩子的責任心和愛心。

6) 通過養狗，我學會了 ＿＿＿＿ 時間。

1) 好處 → _____   2) 髒 → _____   3) 別人 → _____

4) 國內 → _____   5) 寒 → _____   6) 容易 → _____

1) 你弟弟是不是經常做家務？

2) Is it true that you have a dog now?

3) 姑媽對她的孩子非常嚴格。

4) The piano teacher is very strict with her students.

5) 養狗的費用越來越高了。

6) My Chinese grades are getting better and better.

7) 每天吃飯以前我都會幫忙把碗筷擺好。

8) I always help to clean the dining table before meals.

1) 你爸爸家有哪些親戚？

2) 你媽媽家有哪些親戚？

3) 你父母對你嚴格嗎？

4) 你平時在家做家務嗎？你會做什麼？

5) 你養過寵物嗎？養過什麼？

6) 你現在養寵物嗎？養了什麼？

7) 你認為養寵物有什麼好處？

8) 你認為養寵物有什麼壞處？

的　　地　　得

1) 他們家 ＿＿＿ 親戚都住在中國。

2) 他 ＿＿＿ 小狗吵 ＿＿＿ 要命。

3) 他家 ＿＿＿ 沙發被小狗弄 ＿＿＿ 很髒。

4) 我家 ＿＿＿ 小黃狗又忠誠又可愛。

5) 媽媽烤＿＿＿紙杯蛋糕特別好吃。

6) 老師高興 ＿＿＿ 說："你這次測驗考 ＿＿＿ 很好。"

7) 人人都說養狗 ＿＿＿ 好處比壞處多。

9 造句

1) 跟……見面　親戚：

2) 有的……，有的……，還有的……：

3) 快要……了　校服：

4) 不得不　生病：

5) 不但……，還……　洗碗：

6) 住了……了　北京：

10 用所給詞語填空

別人　　家務　　婚禮　　時間　　房間
責任心　　預防針　　醫藥費　　桌子

1) 培養 ＿＿＿＿

2) 管理 ＿＿＿＿

3) 打 ＿＿＿＿

4) 關心 ＿＿＿＿

5) 參加 ＿＿＿＿

6) 擦 ＿＿＿＿

7) 收拾 ＿＿＿＿

8) 付 ＿＿＿＿

9) 做 ＿＿＿＿

我叫李美。我去年暑假在西安的姑姑家住了兩個星期。

姑姑家有三口人：姑父、姑姑和一個女兒——我表妹。表妹比我小三歲。他們還養了一隻小狗。姑父是飛行員，工作很忙。姑姑是家庭主婦，在家照顧表妹和小狗。在姑姑家時，我每天都幫她做家務。我幫她做飯、擺碗筷、擦桌子、洗碗。我有時候還帶小狗去散步。她家的小狗還算聽話，從來都不在家裏大小便。但是有時候房間也會被牠弄亂、弄髒。

這是我第一次在姑姑家住。這兩個星期我覺得自己長大了。我不但自己的事情自己做，還學會了照顧小狗、做家務。

A 選出四個正確的句子

☐ 1) 李美的姑姑住在廣州。

☐ 2) 她暑假在姑姑家住了兩週。

☐ 3) 她比表妹大三歲。

☐ 4) 她每天都幫姑姑做飯。

☐ 5) 姑姑家的小狗總是隨地大小便。

☐ 6) 她以前沒有在姑姑家住過。

B 回答問題

1) 李美幫姑姑做什麼家務？

2) 姑姑家的小狗聽話嗎？

3) 在姑姑家住了兩個星期後，她有什麼進步？

給你的筆友寫一封電郵。你要寫：

• 你父母的工作，他們忙不忙

• 你家養寵物了嗎

• 你會幫忙做家務嗎，做什麼家務

• 你覺得做家務有什麼好處，有什麼壞處

第3單元 第七課　過生日

課文 1

1 看圖寫詞

1) ＿＿＿＿＿＿

2) 草莓醬 *jiàng*

3) ＿＿＿＿＿＿

4) 黃油 *yóu*

5) 咖啡 *kā fēi*

6) ＿＿＿＿＿＿

7) 土豆 *tǔ dòu*

8) ＿＿＿＿＿＿

9) ＿＿＿＿＿＿

10) ＿＿＿＿＿＿

11) ＿＿＿＿＿＿

12) ＿＿＿＿＿＿

2 閱讀理解

早餐價目表 *jià mù biǎo*

白粥 / 碗 *bái zhōu*	￥2.30	酸奶 / 瓶	￥3.60
炒麵 / 盤	￥5.60	牛奶 / 杯	￥3.20
湯麵 / 碗 *tāngmiàn*	￥4.20	橙汁 / 杯	￥2.80
油條 / 根 *yóu tiáo* *gēn*	￥1.20	蘋果汁 / 杯	￥2.50
水餃 / 碗 *shuǐ jiǎo*	￥3.80	可樂 / 瓶	￥3.20
包子 / 4 個	￥4.80	紅茶 / 瓶 *hóng chá*	￥1.50
小籠包 / 4 個	￥6.50	綠茶 / 瓶	￥1.50
麵包 / 個	￥8.00	咖啡 / 杯	￥3.20
煮雞蛋 / 個 *zhǔ*	￥1.30	豆漿 / 杯 *dòu jiāng*	￥1.80

回答問題：

1) 她有十五塊錢，她要吃中餐。她可以吃什麼？

2) 他有十七塊錢，他要吃西餐。他可以吃什麼？

3 看圖寫詞

 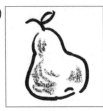

4 閱讀理解

東海海鮮大酒店

hǎi xiān

自助晚餐：
zì zhù

主菜：中式飯菜、西式飯菜 40 多種
zhǔ cài

甜品：各式蛋糕、水果沙拉、冰淇淋
tián pǐn

酒水：紅酒、白酒、各種冷飲、各種茶
hóng jiǔ *lěng yǐn*

每位￥150，3-5 歲小孩半價

每晚 6:00~11:00，星期日、節假日照常營業
jié jià rì zhào cháng yíng yè

判斷正誤：

☐ 1) 自助晚餐只有中式飯菜。

☐ 2) 去吃自助餐可以吃到冰淇淋。

☐ 3) 七歲孩子吃自助餐不用花錢。

☐ 4) 週末也可以去東海海鮮大酒店吃自助餐。

☐ 5) 這家粥麵店有五種粥。

☐ 6) 在這家粥麵店可以吃到麵條。

☐ 7) 這家粥麵店不賣茶。

廣明粥麵店

各式早餐：

皮蛋瘦肉粥
pí dàn

豬紅瘦肉粥
zhū hóng

牛肉粥

魚片粥
yú piàn

白粥

炒麵

雪菜肉絲麵
xuě cài ròu sī

上海炒年糕
nián gāo

菜肉包子

小籠包

油條

大餅

豆漿

結構：現在越來越多的人喜歡吃中國菜。

1) 今年夏天的天氣比前幾年熱。現在的天氣＿＿＿＿＿＿＿（熱）

2) 商場裏商品的價錢比前幾年貴。現在的＿＿＿＿＿＿＿（貴）

3) 上海正在建一幢世界最高的大樓。現在＿＿＿＿＿＿＿（高）

4) 我父母很寵我弟弟。我覺得弟弟＿＿＿＿＿＿＿＿＿（吵）

6 閱讀理解

學校餐廳午餐價目表

星期一		星期二		星期三		星期四	
小籠包	￥4.00	壽司	￥20.00	意大利麵	￥8.00	牛肉三明治	￥10.00
菜肉包子	￥3.00	牛肉飯	￥12.00	漢堡包	￥9.00	比薩餅	￥7.00
蛋炒飯	￥6.00	炸雞翅	￥8.00	小籠包	￥6.00	炸薯條	￥5.00
豬排飯	￥8.20	肉包子	￥6.00	炒飯	￥8.00	熱狗	￥8.00
炒麵	￥5.00	蔬菜沙拉 (shū cài)	￥10.00	雞湯	￥7.00	水果沙拉	￥10.00
牛奶	￥2.80	蘋果汁	￥3.00	牛奶	￥2.80	葡萄汁	￥2.80
橙汁	￥3.00	冰淇淋	￥4.00	可樂	￥3.20	可樂	￥3.20

回答問題：

1) 學校餐廳哪天不提供西餐？

2) 學校餐廳哪天不提供中餐？

3) 哪天可以吃到熱狗？

4) 哪天可以喝到雞湯？

5) 哪天可以吃到牛肉？

6) 哪天吃不到米飯？

7 用所給結構及詞語造句

結構：草莓蛋糕沒有巧克力蛋糕好吃。

1) 梨　桃子　貴：

2) 這張油畫　那張油畫　好看：

3) 寫信　發電郵　方便：

4) 弟弟　哥哥　獨立：

5) 我的房間　姐姐的房間　乾淨：

6) 坐飛機　坐火車　安全：

8 閱讀理解

我們家週末經常出去吃飯。因為我父母是上海人，所以我們每次都去一家上海飯店"一品香飯店"吃飯。

這家飯店不算大，但是他們做的菜很好吃。那裏的冷盤（lěng pán）、熱炒（rè chǎo）、甜品都不錯。我特別喜歡吃五香牛肉（wǔ xiāng niú ròu）和獅子頭（shī zi tóu）。我們每次去吃飯都會點這兩個菜。

這家飯店的服務員也很友好。很多人都喜歡去一品香飯店吃飯。我們週末去有時候要等半個小時才有座位（zuò wèi）。

回答問題：

1) 他們家為什麼總去一品香飯店吃飯？

2) 這家飯店的飯菜怎麼樣？

3) 他們每次去一定會吃什麼？

4) 這家飯店的服務員怎麼樣？

9 填表

如果你今年要在家裏開生日派對，你會讓媽媽給你買什麼？

主食	零食	水果	飲料
• 意大利麵	•	•	•
•	•	•	•
•	•	•	•
•	•	•	•

10 閱讀理解

一月二十日　星期天　　　　　　晴

　　今天是我的生日。媽媽為我包(bāo)了一個小影院。我請了五個朋友一起看電影。電影院為我們每人免費(miǎn fèi)提供了一份熱狗、薯片和汽水。只有幾個人在電影院看電影挺特別的，但是我們看的這部新電影很一般。

　　看完電影，我們去一家西餐廳吃了下午茶。這家西餐廳不太大，但是很漂亮，服務員的態度也很好，感覺很舒服。下午茶是套餐(tào cān)。每份套餐有三明治、蛋糕、小香腸(xiāng cháng)、比薩餅等。他們做的紙杯蛋糕特別好吃。我們幾個人坐在一起一邊吃一邊聊天兒。

　　今天我過了一個快樂的生日。

回答問題：

1) 他的生日是幾月幾號？

2) 他請了幾個朋友去看電影？

3) 電影院提供了什麼吃的？什麼喝的？

4) 他們看的新電影怎麼樣？

5) 那家西餐廳怎麼樣？

6) 套餐裏除了三明治以外還有什麼？

7) 哪種蛋糕特別好吃？

11 閱讀理解

下個星期五是我的生日。我要十五歲了。今年的生日我打算在家裏開生日派對。

生日那天，我會請周紅、王英和張美來我家。我的生日會安排(ān pái)在下午四點到晚上十點。晚上她們也可以在我家過夜(guò yè)。

我已經想好了。我那天會叫外賣(wài mài)，要叫比薩餅、壽司、意大利麵和雞翅。除了吃東西，我們還要出去看一場電影。那天剛好(gāng hǎo)會有一部新電影。看完電影以後，我們就回家吃蛋糕。媽媽會給我烤一個巧克力蛋糕。她知道我最喜歡巧克力口味的蛋糕。

晚飯我們會去北京飯店吃。晚飯後，我們可以回家玩兒一會兒電腦遊戲、聊一會兒天兒。

我期待(qī dài)這天早點兒到！

A 選出四個正確的句子

☐ 1) 她打算在家開生日派對。

☐ 2) 她的生日派對會開大約六個鐘頭。

☐ 3) 媽媽會給她做生日派對上的食物。

☐ 4) 她們晚飯前會去電影院看電影。

☐ 5) 媽媽會為她烤生日蛋糕。

☐ 6) 她喜歡吃草莓蛋糕。

B 回答問題

1) 她會請幾個朋友參加生日派對？

2) 在生日派對上，除了吃東西，還有什麼活動？

3) 晚飯後她們做什麼？

C 寫短文

假設你快要過生日了。寫一篇日記說一說你的打算。你要寫：

• 哪天是你的生日，你多大了

• 你打算哪天開生日派對，打算請誰

• 你會準備什麼吃的、喝的

• 生日派對上會有什麼活動

12 找相關詞語填空

1) 蔬菜：_____ _____ _____

2) 水果：_____ _____ _____

3) 中餐：_____ _____ _____

4) 快餐：_____ _____ _____

5) 甜品：_____ _____ _____

6) 飲料：_____ _____ _____

13 配對

□ 1) 這個包裹有水、牛奶、糖、水果、土豆和雞蛋。

□ 2) 這個包裹有牛奶、糖、土豆、果汁和麵包。

□ 3) 這個包裹有魚、麵包、大米（dà mǐ）、黃油、糖、咖啡和果醬。

□ 4) 這個包裹有麵包、果汁、大米、黃油、土豆、紅茶和豆漿。

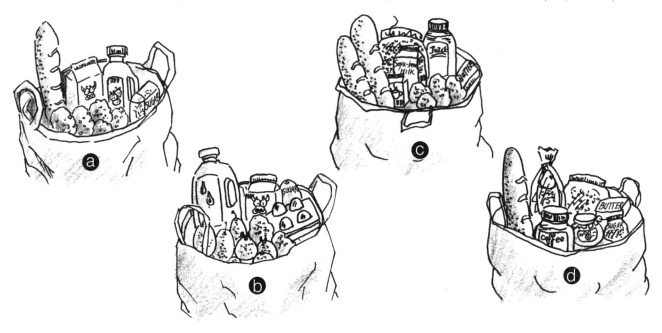

14 寫反義詞

1) 陰 → _____ 2) 左 → _____ 3) 借 → _____ 4) 高 → _____

5) 熱 → _____ 6) 髒 → _____ 7) 貴 → _____ 8) 長 → _____

15 閱讀理解

① 如果您在本市居住、工作或學習，您可以在本圖書館借書。每人每次可以借十本書，最長可以借兩個星期。

kāi fàng
開放時間：週一～週五：9:30~21:00

週末、節假日：10:30~20:00

中明圖書館

②
大家樂快餐店

午餐套餐

四人套餐：￥230.00	單人套餐：￥45.00
炒土豆絲	zhǔ shí 主食可選：
炒芹菜	小香腸 + 比薩餅
西蘭花炒肉片	壽司 + 生魚片
蒸魚	火腿奶酪三明治
kǎo yā 烤鴨（半隻）	飲料可選：
雞湯	可樂　汽水

③ 女士們、先生們：

餐車上有中式午餐、西式午餐、各種糕點、茶和咖啡。

gāo diǎn

時間：12:00~14:00

A　判斷正誤

□ 1) 只有在這個城市上學的學生可以去中明圖書館借書。

□ 2) 每人每次最少借十本書。

□ 3) 圖書館每天都開門。

□ 4) 大家樂快餐店的四人套餐沒有水果。

□ 5) 下午兩點還可以去餐車買吃的。

B　回答問題

1) 如果你是三月一日借書的，最晚可以哪天還書？

2) 圖書館一月一日開門嗎？

3) 大家樂快餐店的午餐套餐中有哪些炒菜？

4) 如果吃單人套餐可以喝什麼？

A 填動詞

1) 我們一家人先去 _____ 商場，然後去花園酒店 _____ 下午茶。

2) 各種各樣的冰淇淋我都 _____ 了。

3) 這個週末我想在家 _____ 生日派對。

4) 我要請十個朋友來 _____ 派對。

5) 媽媽做的水果沙拉裏 _____ 了蘋果、草莓、橙子和梨。

6) 吃完生日蛋糕，我們在家裏 _____ 了一部中文電影。

B 填名詞

1) 自助茶點有各種 _____ 的食物，有甜的，也有鹹的。

2) 爸爸很喜歡吃 _____，他特別喜歡吃蛋糕和冰淇淋。

3) 媽媽吃的 _____ 沙拉裏有黃瓜、西紅柿、芹菜和生菜。

4) 下個星期六是我十三歲生日。我打算在家開生日 _____。

5) 我很愛吃日本菜。我最喜歡吃 _____。

6) 媽媽不喜歡喝咖啡，她喜歡喝 _____。

17 用所給結構及詞語造句

結構：那裏有各種口味的食物，樣樣都好吃。

1) 衣服　件件：

2) 茶點　樣樣：

3) 朋友　個個：

4) 他演的電影　部部：

5) 他寫的小說　本本：

6) 她畫的畫兒　張張：

18 閱讀理解

學校開放日
kāi fàng rì

上個星期六是我們學校的開放日。那天天氣特別好。來學校的人很多，熱鬧極了。
rè
nao

那天學校校園變成了一個大"市場"。"市場"上賣各種各樣的東西，還有二手的衣服、鞋子、包、日用品和圖書。
biàn chéng

我覺得那天最吸引人的地方是學校禮堂。那天禮堂變成了一個"國際餐廳"。在那裏可以吃到中國、印度、法國、意大利等國的飯菜，還有各式糕點。很多學生都跟家人到禮堂吃午飯。
xī yǐn
yìn dù

我那天帶着弟弟、妹妹一起參加了學校的開放日。我們玩了各種遊戲，吃了各種風味的美食。我們覺得樣樣都好吃。
fēng wèi

判斷正誤：

☐ 1) 學校開放日那天天氣很不錯。

☐ 2) 那天在校園裏可以買衣服和鞋子。

☐ 3) 禮堂裏有很多食物。

☐ 4) 在禮堂可以吃到法國菜。

☐ 5) 禮堂裏也賣蛋糕。

☐ 6) 他和弟弟妹妹一起玩了各種遊戲。

☐ 7) 他們什麼都沒吃。

19 根據實際情況回答問題

1) 你喜歡吃什麼蔬菜？

2) 你喜歡吃什麼水果？

3) 你喜歡吃什麼零食？

4) 你吃過什麼中餐？

5) 你喜歡吃什麼西餐？

6) 你喜歡吃什麼甜品？

中國很大，各個地區的氣候不同。受到氣候的影響，再加上生活習慣不同，每個地方飯菜的做法都不同。中國菜的特點有：南甜，北鹹，東鮮，西酸。也就是說，南方人喜歡吃甜的，做菜時常常放糖；北方人喜歡吃鹹的，做菜時鹽放得比較多；東南沿海的人喜歡吃鮮活的東西，他們做的菜清淡鮮美；山西人愛吃酸的，他們做菜時喜歡放醋。

在主食方面，一般來說，南方人喜歡吃米飯，因為南方種水稻；北方人喜歡吃麵食，因為北方種麥子。

中國人還愛喝茶。南方人喜歡喝綠茶，北方人喜歡喝花茶。

A 配對

☐ 1) 甜　　a) 醋

☐ 2) 鹹　　b) 麵

☐ 3) 酸　　c) 鹽

☐ 4) 水稻　d) 米

☐ 5) 麥子　e) 糖

B 判斷正誤

☐ 1) 中國各個地區的氣候不一樣。

☐ 2) 中國各個地區人們的生活習慣不一樣。

☐ 3) 北方人做菜時放的鹽比較多。

☐ 4) 山西人吃得很清淡。

☐ 5) 南方人喜歡吃麵食，喝綠茶。

☐ 6) 北方人喜歡吃米飯。

21 翻譯

1) 朋友家的小狗吵得要命。

2) It was extremely hot yesterday.

3) 爸爸上個星期忙極了。

4) His little brother is extremely cute.

22 閱讀理解

五月十日星期六　　　　　雨

　　我跟六個好朋友一起參加了黃英在她家開的生日派對。

　　我和朋友們一到她家就把買好的禮物給了她。我們給她的禮物有耳環、圍巾、香水等。我給她買了一個相框（pāi），我會把生日派對拍的照片放在裏邊。

　　她媽媽為我們準備了很多好吃的，有蔬菜沙拉、比薩餅、春卷（chūnjuǎn）、壽司、生魚片、炸雞翅、香腸等。因為我不喜歡吃胡蘿蔔和芹菜，所以我沒有吃沙拉。最後，我們吃了生日蛋糕，還吃了冰淇淋。

　　我們在她家一邊吃東西一邊聊天兒，還拍了很多照片。大家都開心極了。

　　生日派對是十點左右結（jié）束（shù）的。因為太晚了，所以媽媽開車過來接我回家。

A　選出四個正確的句子

□ 1) 一共有七個朋友參加了黃英的生日派對。

□ 2) 黃英的生日禮物中沒有相框。

□ 3) 黃英的媽媽為生日派對準備了很多食物。

□ 4) 蔬菜沙拉裏有芹菜。

□ 5) 他們在生日派對上看了一場電影。

□ 6) 他們在生日派對上拍了很多照片。

B　回答問題

1) 他們送了黃英什麼禮物？

2) 生日會上有哪些日本菜？

3) 生日會上他們做了什麼？

C　寫短文

寫一寫你參加過的生日會，你要寫：

• 這個生日會是什麼時候，在哪兒開的

• 有多少人參加了這個生日會

• 朋友們送了什麼禮物

• 生日會上有哪些食物、活動

畫蛇添足

有一天，楚國一個管寺廟的人賞給手下的人一壺酒。可是人多酒少，他們不知道怎麼分酒。一個人建議說："咱們每個人在地上畫一條蛇，誰先畫完，酒就是誰的。"大家都同意這麼做。比賽開始了。其中一個人畫得很快，一會兒就畫完了。看到別人還在畫，他說："你們真笨，還沒畫完。讓我再給蛇添幾隻腳吧！"說完，他開始給蛇畫腳。這時，又有一個人畫完了。他說："蛇沒有腳。你畫的不是蛇。我第一個畫完，所以酒是我的。"

生詞

① 蛇 ^{shé} snake

② 添 ^{tiān} add

畫蛇添足 ^{huà shé tiān zú} overdo something, thereby spoiling it

③ 寺廟 ^{sì miào} temple

④ 賞 ^{shǎng} reward

⑤ 手下 ^{shǒu xià} subordinate

⑥ 壺 ^{hú} pot; kettle

⑦ 分 ^{fēn} divide up

⑧ 建議 ^{jiàn yì} suggest

⑨ 咱們 ^{zán men} we

⑩ 同意 ^{tóng yì} agree

A 判斷正誤

☐ 1) 管寺廟的人賞給手下很多酒。

☐ 2) 開始時人們不知道怎麼分酒。

☐ 3) 先畫完蛇的人覺得其他人很笨。

☐ 4) 給蛇添了腳的人沒有喝到酒。

B 翻譯

1) a person who looks after the temple

2) He finished drawing in a short while.

3) Let me add some feet to the snake!

4) Snakes do not have feet.

C 寫意思

1) 酒 alcohol
- 白酒
- 紅酒
- 雞尾酒

2) 同 same
- 同意
- 同歲
- 同時

3) 賽 match
- 比賽
- 賽車
- 賽馬

D 寫意思

①
- 寺：＿＿＿＿＿＿＿
- 詩：＿＿＿＿＿＿＿

②
- 分：＿＿＿＿＿＿＿
- 粉：＿＿＿＿＿＿＿

③
- 其：＿＿＿＿＿＿＿
- 棋：＿＿＿＿＿＿＿

④
- 天：＿＿＿＿＿＿＿
- 添：＿＿＿＿＿＿＿

E 角色扮演

四個人一組，表演 biǎo yǎn《畫蛇添足》的故事 gù shi。

第八課　過中秋節

課文 1

1 找相關詞語填空

1) 蔬菜：_____ _____ _____ _____

2) 水果：_____ _____ _____ _____

3) 中餐：_____ _____ _____ _____

4) 快餐：_____ _____ _____ _____

5) 零食：_____ _____ _____ _____

2 用所給詞語填空

| 牛角麵包 | 蘋果 | 可樂 | 蔬菜湯 | 酸奶 | 牛排 | 餅乾 |
| 青豆 | 麵包 | 雞蛋 | 土豆 | 水果沙拉 | 意大利麵 | 葡萄酒 |

① _____ 牛角麵包、蔬菜湯

② _____

③ _____

⑤ _____

④ _____

110

3 選擇

① 做蔬菜沙拉，不用：

a) 黃瓜　　b) 西紅柿

c) 火腿　　d) 胡蘿蔔

e) 麵條　　f) 捲心菜

② 做巧克力餅乾，不用：

a) 黃油　　b) 糖

c) 麵粉　　d) 巧克力

e) 雞蛋　　f) 菜花

③ 做三明治，不用：

a) 麵包　　b) 生菜

c) 雞肉　　d) 奶酪

e) 米飯　　f) 烤鴨

④ 做蛋炒飯，不用：

a) 米飯　　b) 雞蛋

c) 油　　　d) 青豆

e) 豆腐　　f) 青菜

4 讀對話，寫短文

服務員：您好！兩位，對嗎？請跟我來！請坐！你們想喝點兒什麼？

爸爸：我要一瓶啤酒，給我太太來一杯綠茶。

服務員：你們現在就點菜嗎？

爸爸：對，現在就點。來半隻烤鴨、一盤五香牛肉、一個家常豆腐和一個炒青菜。甜品要一個果盤。

服務員：好。菜馬上就上還是等一會兒上？

爸爸：馬上就上吧！吃完後我們得去趕火車。

服務員：好。菜上得很快。請放心（fàng xīn）！

我父母昨天坐火車去上海看我爺爺奶奶。他們上火車前去飯店吃晚飯。他們要了

5 用所給結構完成句子

結構：今天是端午節，不能不吃粽子。

1) 這家飯店做的蒸魚好吃極了。去這家飯店不能不 _____

2) 我媽媽包的粽子特別好吃。端午節你來我家 _____

3) 今天冷得要命，氣溫在零下十五度左右。你 _____

4) 他每個週末都參加游泳訓練。這次學校游泳比賽他 _____

6 看圖寫詞

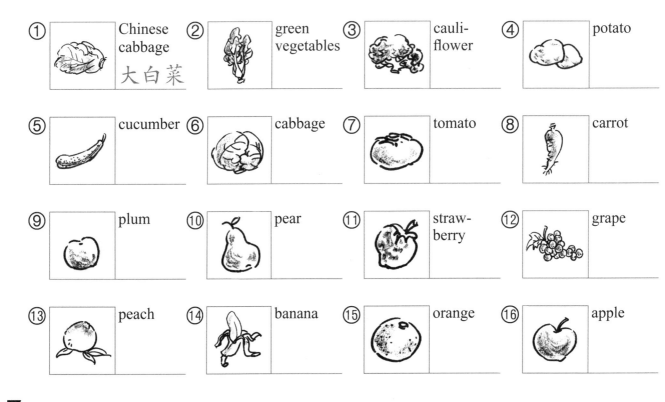

① Chinese cabbage 大白菜　② green vegetables　③ cauli-flower　④ potato

⑤ cucumber　⑥ cabbage　⑦ tomato　⑧ carrot

⑨ plum　⑩ pear　⑪ straw-berry　⑫ grape

⑬ peach　⑭ banana　⑮ orange　⑯ apple

7 寫意思

① { 科：_____ 料：_____ }　② { 喝：_____ 渴：_____ }　③ { 建：_____ 健：_____ }　④ { 啤：_____ 脾：_____ }

8 看圖寫句子

  ￥9.80/半打

半打雞蛋九塊八。

② ￥22.00/5個

③ ￥95.00/個

④ ￥68.00/半隻

9 閱讀理解

①

通 知 (tōng zhī)

六月三日是端午節。
學校所有師生放假一天。

進港中學校長

6月1日

判斷正誤：

☐ 1) 進港學校的學生六月三日不上課。

☐ 2) 龍舟隊在端午節前要訓練。

☐ 3) 龍舟隊每天下午都訓練。

☐ 4) 天樂百貨每天都有優惠活動。

☐ 5) 要是想得到兩個鹹肉粽就得先在天樂百貨花五百元購物。

②

通 知

為了慶祝端午節，龍舟隊從今天開始每天訓練一個半小時。訓練時間是下午4:00到5:30。請每個隊員 (duì yuán) 都準時 (zhǔn shí) 參加。

龍舟隊隊長

5月25日

③

端午節優惠 (yōu huì)

今天在本店購物五百元以上的顧客 (gù kè) 可以得到鹹肉粽兩個。購物八百元以上的顧客可以得到甜、鹹粽各兩個。

端午節快樂！

天樂百貨

6月2日

10 用所給結構完成句子

結構：要是想吃得健康，就應該多吃蔬菜。

1) 要是想出去玩，＿＿＿＿＿＿＿＿＿＿＿＿＿＿＿＿＿＿＿＿＿＿＿＿＿＿＿

2) 要是想考試得高分，＿＿＿＿＿＿＿＿＿＿＿＿＿＿＿＿＿＿＿＿＿＿＿

3) 要是想參加比賽，＿＿＿＿＿＿＿＿＿＿＿＿＿＿＿＿＿＿＿＿＿＿＿＿

4) 要是想當工程師，＿＿＿＿＿＿＿＿＿＿＿＿＿＿＿＿＿＿＿＿＿＿＿＿

5) 要是想明天早點兒起牀，＿＿＿＿＿＿＿＿＿＿＿＿＿＿＿＿＿＿＿＿

11 上網找答案

中餐廳		西餐廳		
涼菜	熱菜	前菜	主食	飲料
• 五香牛肉	• 炒西蘭花	•	•	•
•	•	•	•	•
•	•	•	•	•
•	•	•	•	•
•	•	•	•	•
•	•			

甜品 / 點心	飲料
•	•
•	•
•	•
•	•
•	•

自助餐廳		
肉類	主食	甜品
• 烤羊肉	•	•
•	•	•
•	•	•
•	•	•

12 閱讀理解

我們家週末經常去飯館吃飯。我父母都是北京人，所以我們總是去"京香飯店"吃飯。這家飯店不大，但是做的飯菜很好吃。他們做的冷盤和熱炒都是北京風味的家常菜。

上個星期一是端午節，我們又去那裏吃午飯了。那天飯店有特別套餐。我們要了一個六人套餐，有烤鴨、炒青菜、回鍋肉（huí guō ròu）、魚香肉絲（yú xiāng ròu sī）、炒土豆絲、炸醬麵（zhá jiàng miàn）和粽子。爸爸要了一杯啤酒，媽媽要了一壺茶（hú），姐姐、哥哥、弟弟和我喝的是可樂。最後飯店送了我們一個果盤。果盤裏有草莓、西瓜、葡萄和梨。

雖然那天吃飯的人很多，要排隊（pái duì），但是服務員都很熱情（rè qíng）、友好。大家都吃得很開心。我們過了一個快樂的端午節。

A 選出四個正確的句子

☐ 1) 京香飯店的飯菜是北京風味的。

☐ 2) 端午節那天是週末。

☐ 3) 那天他們吃的是套餐。

☐ 4) 那天的果盤是免費（miǎn fèi）的。

☐ 5) 那天去京香飯店吃飯的人很多，要等座位。

☐ 6) 因為吃飯的人很多，有些服務員的態度（tài du）不太好。

B 回答問題

1) 他們為什麼經常去京香飯店吃飯？

2) 端午節那天的午飯，他們吃了什麼肉菜？

3) 他們點了什麼飲料？

4) 果盤有哪幾種水果？

C 寫短文

寫你們一家人去飯館吃飯的經歷。你要寫：

• 你們去了哪家飯店，是什麼時候去的

• 你們吃了什麼，是點菜還是吃套餐

• 飯店裏的人多不多

• 那裏的飯菜、服務員怎麼樣

13 填空

A 填動詞

1) 在自助餐廳，我 _____ 了各式蛋糕。

2) 我 _____ 上海菜的味道最好。

3) 中秋節那天，我們一家人一邊吃月餅一邊 _____。

4) 這家飯店 _____ 的糖醋排骨是上海風味的。

B 填名詞

1) 我覺得香草冰淇淋的 _____ 最好。

2) 中秋節晚上，我們一家人坐在公園的 _____ 上賞月。

3) 媽媽拿出了中秋節的傳統 _____——月餅。

4) 中秋節的 _____ 又圓又亮。

C 填形容詞

1) 他們做的麻婆豆腐太 _____ 了！

2) 我今天沒有吃早飯，所以我吃午飯的時候 _____ 得不得了。

3) 我一口氣吃了兩個粽子。我吃得很 _____。

4) 自助茶點有 _____ 的，也有甜的。

14 寫反義詞

1) 高 → _____　　2) 胖 → _____　　3) 餓 → _____　　4) 甜 → _____

5) 買 → _____　　6) 進 → _____　　7) 左 → _____　　8) 髒 → _____

9) 冷 → _____　　10) 遠 → _____　　11) 夜間 → _____　　12) 好處 → _____

15 閱讀理解

現在中國人的飲食越來越西化了。以前中國人一日三餐都吃中式飯菜，現在很多人早飯吃麵包和奶類食品。

以前中國人不常喝牛奶，他們的身體也不習慣喝牛奶。現在人們知道牛奶有多種營養（yíng yǎng），對身體好，所以越來越多的人喜歡喝牛奶了。商店裏奶類食品的種類也越來越多了，酸奶就有十幾種。

在商店裏，除了奶類食品以外，還可以看到其他種類的西式食品，有麵包、西式糕餅、薯片、罐頭（guàn tou）、意大利麵、玉米片（yù mǐ）、黃油、汽水、果汁等等。

選擇填空：

1) 現在的中國人 _____。

　　a) 不吃西餐

　　b) 早飯都吃麵包、喝牛奶

　　c) 喜歡喝牛奶了

　　d) 一點兒都不喜歡吃西式糕餅

2) 以前中國人 _____。

　　a) 不吃中餐

　　b) 都喜歡吃酸奶

　　c) 知道酸奶不好吃

　　d) 很少喝牛奶

3) 在商店裏，買不到 _____。

　　a) 飲料

　　b) 漢堡包

　　c) 罐頭

　　d) 蛋糕

16 上網找答案

各種糕餅	各種冰淇淋	各種炒菜
•	•	•
•	•	•
•	•	•

17 用所給結構完成句子

結構：我一口氣吃了很多菜。

1) 我一口氣游了 _____

2) 弟弟一口氣看了 _____

3) 爸爸一口氣喝了 _____

4) 媽媽一口氣點了 _____

5) 哥哥一口氣買了 _____

6) 奶奶一口氣做了 _____

18 閱讀理解

多吃水果好嗎？

　　水果裏含有人體需要的多種維生素（xū yào wéi shēng sù），而且（ér qiě）味道鮮美。許多人認為兒童多吃糖不好，但多吃水果對身體沒有壞處。

　　吃水果有利於（yǒu lì yú）健康，但是水果吃多了也會有壞處。例如：草莓、杏、李子（xìng lǐ zi）等水果，兒童多吃了容易中毒（zhòng dú）；荔枝（lì zhī）吃多了會肚子疼、拉肚子；橘子（jú zi）吃多了會上火（shàng huǒ）；梨吃多了傷胃（shāng wèi）。因此（yīn cǐ）水果不能想吃多少就吃多少，要適量（shì liàng）吃。

判斷正誤：

☐ 1) 水果裏有很多維生素，對人有好處。

☐ 2) 多吃糖和水果對身體沒有壞處。

☐ 3) 兒童不應該吃太多草莓。

☐ 4) 荔枝吃多了會拉肚子。

☐ 5) 多吃橘子有利於健康。

☐ 6) 梨吃多了對胃不好。

☐ 7) 吃水果也要適量。

李子

荔枝

橘子

梨

草莓

杏

19 組詞並寫出意思

1) 香草 冰淇淋 : vanilla ice cream

2) 糖醋 ＿＿＿ : ＿＿＿＿＿

3) 麻婆 ＿＿＿ : ＿＿＿＿＿

4) 紙杯 ＿＿＿ : ＿＿＿＿＿

5) 五香 ＿＿＿ : ＿＿＿＿＿

6) 傳統 ＿＿＿ : ＿＿＿＿＿

7) 龍舟 ＿＿＿ : ＿＿＿＿＿

8) 自助 ＿＿＿ : ＿＿＿＿＿

9) 水果 ＿＿＿ : ＿＿＿＿＿

10) 生日 ＿＿＿ : ＿＿＿＿＿

20 閱讀理解

今天是中秋節。我們一家人去了一家新開張(kāi zhāng)的飯店——川上飯店吃午飯。這家飯店做四川(sì chuān)風味的飯菜。因為我們家平時常吃上海菜，所以今天想換換口味(kǒu wèi)。

我們坐下來以後先點了飲料。爸爸要了一瓶啤酒，媽媽要了一壺綠茶，我要了一瓶可樂。喝完飲料，菜上來了。我嘗了一口麻婆豆腐。他們做的麻婆豆腐又鹹又辣，特別難吃。擔擔麵(dàn dàn miàn)也辣得要命，一點兒都不好吃。酸辣湯(suān là tāng)又酸又辣，難吃極了。這頓(dùn)飯，我們總共(zǒnggòng)花了四百多塊，貴得不得了。我們以後可能不會再去那裏吃飯了。

判斷正誤：

☐ 1) "川上飯店"的飯菜是上海風味的。

☐ 2) 他們不常吃上海菜。

☐ 3) 他父母喝的是啤酒。

☐ 4) 他家有三口人。

☐ 5) 他們吃了麵條。

☐ 6) 他們沒有點湯。

☐ 7) 他們點的菜都不好吃。

☐ 8) 他們一共花了不到四百塊。

21 造句

1) 辣　不得了：

2) 貴　要命：

3) 鹹　太：

4) 便宜　極了：

22 組詞

1) 綠茶→ _____
2) 牛奶→ _____
3) 糕餅→ _____
4) 賞月→ _____

5) 平時→ _____
6) 風味→ _____
7) 旅遊→ _____
8) 見面→ _____

9) 當然→ _____
10) 橡皮→ _____
11) 減價→ _____
12) 禮物→ _____

23 上網找答案

	端午節	中秋節
日期		
今年的日期		
節日的別稱 bié chēng		
傳統食品		
傳統活動		
節日傳說 chuánshuō		

今天是十月一日，是中國的國慶節，正好今天也是中秋節。為了慶祝這個特別的日子，我們一家人去和平飯店吃了晚飯。

guó qìng jié

和平飯店的上海菜做得很好。今天吃飯的人很多，我們排了半小時隊。所以到點菜的時候，大家都餓得不得了。

我們點了紅燒肉、糖醋排骨、家常豆腐、炒蝦仁、炒青菜，主食要了一個龍蝦麵。每個菜的味道都很好。吃完飯，我們要了一個果盤，裏面有西瓜和柚子。

xiā

rén

yòu

zi

晚飯以後我們是走路回家的。我們一邊走一邊賞月。中秋節的月亮又圓又亮，漂亮極了！為了慶祝中秋，媽媽買了好幾種口味的月餅，有巧克力、草莓、芒果、綠茶和紅豆口味的。我最喜歡芒果口味的月餅，味道好極了！

máng guǒ

A 選出四個正確的句子

☐ 1) 今年的中秋節是十月一日。

☐ 2) 他們點了三個肉菜和三個素菜。

☐ 3) 他們主食吃的是麵條。

☐ 4) 他們飯後吃了兩種水果。

☐ 5) 他媽媽做了各種口味的月餅。

☐ 6) 他們吃了五種不同口味的月餅。

B 回答問題

1) 今天為什麼是個特別的日子？

2) 和平飯店做的菜是什麼風味的？

3) 點菜的時候他們為什麼特別餓？

4) 他喜歡吃哪種口味的月餅？

C 寫短文

寫一篇日記，寫你和家人過節去飯店吃飯的經歷。你要寫：

• 那是什麼特別的日子

• 你們是在哪兒吃飯的

• 你們吃了什麼，喝了什麼

• 你覺得那天過得怎麼樣

井底之蛙

　　有一隻青蛙住在井裏。牠對自己的小天地滿意極了。有一天，一隻海龜來到井邊。青蛙見到海龜，興奮地說：“海龜兄弟，你來得正好。你來參觀一下我的住處吧！我這裏像天堂一樣。”海龜往井底一看，裏面黑黑的，只有淺淺的水。海龜對青蛙說：“你聽說過大海嗎？”青蛙搖搖頭。海龜又繼續說：“我住在大海裏。大海無邊無際，比住在井裏快活得多。”青蛙睜大了眼睛，想像不出大海什麼樣。

生詞

1. jǐng 井 well
2. dǐ 底 bottom
3. wā 蛙 frog
   jǐng dǐ zhī wā
   井底之蛙 a person with a very limited outlook
4. xiǎo tiān dì 小天地 little world
5. mǎn yì 滿意 satisfied
6. hǎi guī 海龜 sea turtle
7. xīng fèn 興奮 be excited
8. zhù chù 住處 residence
9. tiān táng 天堂 heaven
10. wǎng 往 towards
11. qiǎn 淺 shallow
12. dà hǎi 大海 sea
13. yáo tóu 搖頭 shake one's head
14. wú biān wú jì 無邊無際 boundless
15. kuài huo 快活 happy
16. zhēng 睜 open (eyes)
17. xiǎngxiàng 想像 imagine

A 回答問題

1) 青蛙對自己的住處滿意嗎？

2) 青蛙覺得自己的住處像什麼？

3) 青蛙的住處什麼樣？

4) 海龜覺得住在大海裏怎麼樣？

B 寫意思

1) 滿 satisfied ⎰ 滿意
　　　　　⎱ 美滿

2) 觀 look at ⎰ 參觀
　　　　　⎱ 觀看

3) 處 place ⎰ 住處
　　　　　⎱ 到處

C 寫近義詞

| 海洋　剛好 |
| 高興　世界 |

1) 興奮 →

2) 正好 →

3) 大海 →

4) 天地 →

D 模仿例子英譯漢

1) 例子：牠對自己的小天地滿意極了。

He is extremely satisfied with his exam results.

2) 例子：住在大海裏比住在井裏快活得多。

It is much faster taking a taxi than cycling.

E 創意寫作

為《井底之蛙》寫一個結尾 (jié wěi)。

第九課　過春節

課文 1

1 填動詞

1) <u>拜</u> 年
2) ＿＿ 餃子
3) ＿＿ 煙花
4) ＿＿ 壓歲錢
5) ＿＿ 春節
6) ＿＿ 家庭
7) ＿＿ 房間
8) ＿＿ 年夜飯
9) ＿＿ 蠟燭
10) ＿＿ 派對
11) ＿＿ 啤酒
12) ＿＿ 蛋糕

2 看圖寫詞

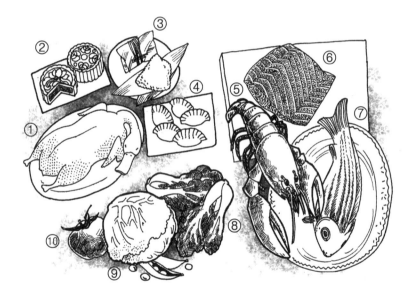

1) ＿＿＿＿＿
2) ＿＿＿＿＿
3) ＿＿＿＿＿
4) ＿＿＿＿＿
5) ＿＿＿＿＿
6) ＿＿＿＿＿
7) ＿＿＿＿＿
8) ＿＿＿＿＿
9) ＿＿＿＿＿
10) ＿＿＿＿＿

3 造句

1) 因為……，所以……　重視　團聚：

2) 大年三十　跟……一起　迎接：

3) 年夜飯　以後　放爆竹：

4) 除夕夜　交接　……的時候：

4 閱讀理解

①

我叫張健。今天是大年三十。我媽媽花了一天的時間準備年夜飯。媽媽做年夜飯時,我也去幫忙了。媽媽每年都做蘿蔔糕(luó bo gāo)。吃蘿蔔糕是希望"年年高升(nián nián gāo shēng)"。今年除了蘿蔔糕,媽媽還為我們做了年糕(nián gāo)。這是她第一次自己做年糕。我感覺自己做的年糕比買的好吃得多。

② 我叫小明。我最喜歡過春節。今年的除夕夜我和爸爸一起放了煙花,還吃了餃子。年初一我們一家人跟爺爺、奶奶、外公、外婆去了一家中餐廳吃晚飯。這家餐廳做的蒸魚、紅燒肉、炒年糕、豆腐都可好吃了。

③ 我叫高英。我很喜歡過春節,但是我不喜歡吃年夜飯。我是素食者(sù shí zhě),所以很多春節傳統食品我都不吃。我只吃清炒(qīngchǎo)蔬菜、雞蛋,有時候也吃魚。在春節的傳統食品中我最喜歡吃年糕,但是我胃口(wèi kǒu)很小,每次只能吃一小塊。

判斷正誤:

☐ 1) 張健的媽媽花了很長時間做年夜飯。

☐ 2) 張健的媽媽每年都自己做年糕。

☐ 3) 小明除夕夜放了煙花。

☐ 4) 小明大年初一是在外公外婆家吃晚飯的。

☐ 5) 高英什麼肉都不吃。

☐ 6) 高英對所有的春節傳統食品都不感興趣。

①

中國東方航空			
登機牌	航班	MU5485	艙位	經濟艙
	日期	8 月 29 日	座位	27F
	姓名	王新平	登機口	2
	目的地	北京	登機時間	15:35

②

小童票   *機場快線*

往機場 / 博覽館   單程

九龍站 → 機場站

$45.00

21 DEC

③

鄭州東   G556 次   **北京西**

2015 年 04 月 22 日 14:26 開   03 車 05D 號

￥247.50 元   (孩) (網)   一等座

限乘當日當次車

檢票口 B3

④

HK001 去程   **中 港 通**

路線：   九龍 — 香港深圳灣

票種：   雙程標準

票價：   85.00 港幣

上車地點： 九龍圓方

落車地點： 深圳灣口岸

有效期至：   S0929671

⑤

深圳市出租汽車專用發票

發票號碼   07514647

車號：B-K7V32

證號：082117

日期：2015 年 04 月 24 日

上車：16:37

下車：16:55

單價：2.40 元

里程：11.94km

等候：00:00:44

金額：34.60 元

回答問題：

1) 乘坐東方航空航班的旅客要去哪兒？

2) 從九龍站坐機場快線到機場，兒童票多少錢？

3) 到北京西的高鐵票 4 月 23 日還可以用嗎？

4) 去深圳灣的中港通巴士雙程票多少錢？

5) 出租車的車費是多少？

6 閱讀理解

我是在蘇州^{sū zhōu}出生，在上海長大的。每年春節，我都回老家——蘇州，跟爺爺奶奶一起過年。

我非常喜歡蘇州。蘇州在江蘇省^{jiāng sū shěng}的東南部，離上海不遠。蘇州是一座歷史名城，有兩千五百多年的歷史。蘇州有"人間天堂^{rén jiān tiān táng}"、"東方水都^{dōng fāng shuǐ dū}"的美稱^{měi chēng}。蘇州的園林^{yuán lín}很有名。蘇州有兩百多個園林，其中留園是中國四大名園之一。蘇州最有名的寺廟^{sì miào}是"寒山寺"。寺裏有一口古鐘^{gǔ zhōng}。每年春節除夕，很多外地人都到寒山寺聽古鐘敲響^{qiāo xiǎng}一百零八下，慶祝新年的到來。

蘇州的街道^{jiē dào}很乾淨，環境很優美，公共交通^{jiāo tōng}也比較方便。蘇州的特產^{tè chǎn}有蘇州豆腐乾^{dòu fu gān}、絲綢^{sī chóu}、茶葉^{chá yè}、手工藝品^{shǒu gōng yì pǐn}等。

A 選出四個正確的句子

☐ 1) 他現在還住在蘇州。

☐ 2) 從蘇州去上海要花很長時間。

☐ 3) 除了"留園"以外，中國還有三大名園。

☐ 4) "寒山寺"是一座寺廟。

☐ 5) 除夕夜寒山寺的古鐘會敲響一百零八下。

☐ 6) 蘇州出產茶葉。

B 回答問題

1) 他每年在哪兒過春節？

2) 蘇州的歷史有多長？

3) 除夕去寒山寺聽敲鐘的人都是蘇州人嗎？

4) 人們為什麼要去寒山寺聽敲鐘？

5) 蘇州的環境怎麼樣？

7 用所給結構完成句子

結構：奶奶包的餃子可好吃了！

1) _____ 年糕可好吃了！   4) _____ 月餅特別好吃！

2) _____ 紅燒肉好吃極了！   5) _____ 雞翅挺好吃的！

3) _____ 麻婆豆腐太辣了！   6) _____ 烤鴨貴得要命！

8 回答問題

1) 你知道什麼時候開始放假嗎？   5) 你知道中國人中秋節吃什麼嗎？

2) 你知道你爺爺的生日是幾月幾號嗎？   6) 你知道一個生日蛋糕大概多少錢嗎？

3) 你知道除夕什麼時候吃餃子嗎？   7) 你知道養寵物有什麼好處嗎？

4) 你知道怎麼包餃子嗎？   8) 你知道明年的端午節是哪天嗎？

9 組詞

1) 春節→ _____   2) 口味→ _____   3) 歡迎→ _____   4) 煙花→ _____

5) 拜年→ _____   6) 紅包→ _____   7) 感覺→ _____   8) 香草→ _____

9) 另外→ _____   10) 減價→ _____   11) 得到→ _____   12) 賞月→ _____

13) 啤酒→ _____   14) 食品→ _____   15) 牛排→ _____   16) 月餅→ _____

128

農曆正月初一是春節，也叫農曆新年。春節是中國人最重要的節日。中國人會跟家人團聚，一起迎接新的一年。

一到臘月，家家戶戶就開始為過年做準備了。人們會大掃除、買年貨、買年花。除夕夜，每家每戶都吃年夜飯。人們包餃子，做各種美味的食品。除夕夜十二點一到，人們就放煙花、爆竹，慶祝新年的到來。人們還互相拜年，說"恭喜發財"、"身體健康"等吉利的話。小孩給長輩拜年後，還可以得到壓歲錢。

農曆正月十五是元宵節。元宵節人們會吃元宵。春節的慶祝活動到農曆正月十五元宵節才結束。

A 選出四個正確的句子

☐ 1) 春節也叫農曆新年。

☐ 2) 人們正月就開始為過春節做準備了。

☐ 3) 除夕夜吃的晚飯叫年夜飯。

☐ 4) 吃完年夜飯人們就去放煙花、爆竹。

☐ 5) 小孩給長輩拜年後能得到壓歲錢。

☐ 6) 春節的慶祝活動正月十五結束。

B 回答問題

1) 人們從什麼時候開始為過年做準備？

2) 年夜飯人們吃什麼？

3) 拜年的時候人們説什麼？

4) 元宵節的傳統食品是什麼？

C 寫短文

寫一寫你們國家／地區的人怎樣慶祝一年中最重要的節日。你要寫：

• 這是什麼節日

• 為什麼這個節日很重要

• 節日前要做什麼準備

• 節日期間有什麼活動

11 看圖寫詞

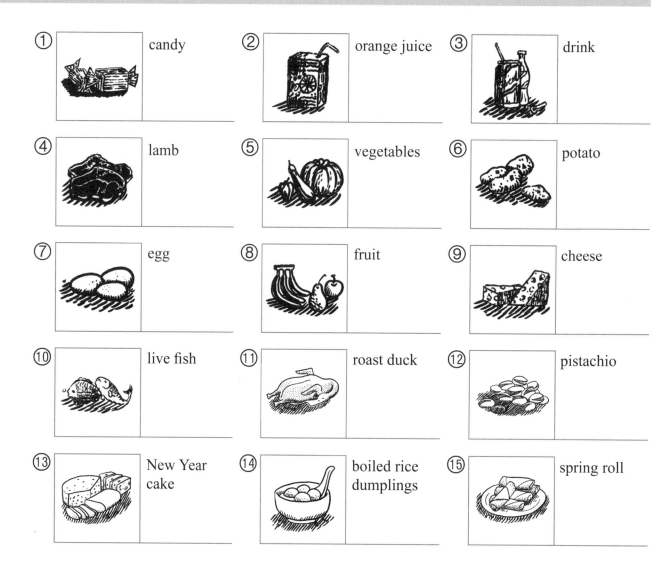

① candy
② orange juice
③ drink
④ lamb
⑤ vegetables
⑥ potato
⑦ egg
⑧ fruit
⑨ cheese
⑩ live fish
⑪ roast duck
⑫ pistachio
⑬ New Year cake
⑭ boiled rice dumplings
⑮ spring roll

12 用所給詞語填空

乾乾淨淨	高高興興	熱熱鬧鬧	漂漂亮亮

1) 姐姐每天都穿得 ＿＿＿＿＿＿ 的。

2) 過年前，大家都把屋子打掃得 ＿＿＿＿＿＿ 的。

3) 媽媽 ＿＿＿＿＿＿ 地接過我給她的生日禮物。

4) 我今年在廣州過了一個 ＿＿＿＿＿＿ 的春節。

13 寫反義詞

1) 快 → ＿＿＿　2) 餓 → ＿＿＿　3) 髒 → ＿＿＿　4) 便宜 → ＿＿＿

5) 接 → ＿＿＿　6) 冷 → ＿＿＿　7) 裏 → ＿＿＿　8) 樓上 → ＿＿＿

9) 左 → ＿＿＿　10) 晴 → ＿＿＿　11) 低 → ＿＿＿　12) 夜間 → ＿＿＿

13) 難 → ＿＿＿　14) 舊 → ＿＿＿　15) 瘦 → ＿＿＿　16) 好處 → ＿＿＿

14 閱讀理解

廣州

　　廣州是廣東省的省會（dōng shěng）（shěng huì），有三千多年的歷史。廣州又叫"羊城"。傳説古代有五位仙人（xiān）（rén）騎着羊到了廣州。

　　廣州還有一個名字叫"花城"，因為廣州氣候溫和（qì hòu wēn hé），一年四季花紅草綠。每年春節的廣州花市都會吸引成千上萬的市民去看花、買花。

　　廣州又以"食城"聞名（wén míng）。在廣州，到處都是茶樓、飯店。廣州人愛喝茶，他們叫喝茶"飲茶"。廣州人喜歡去茶樓、飯店飲早茶。到了週末或節假日，一家老小、親朋好友會一起去飲茶。

A 選擇

1) 廣州有 ＿＿ 個別稱。
　a) 兩　b) 三　c) 四

2) 廣州 ＿＿ 有花。
　a) 四季　b) 季節　c) 假日

3) "成千上萬" 就是 ＿＿。
　a) 人不多　b) 人很多
　c) 一萬個人

4) 廣州有許多 ＿＿。
　a) 茶樓　b) 羊　c) 省會

5) 人們 ＿＿ 一起飲茶。
　a) 星期六　b) 每天　c) 月底

B 回答問題

1) 廣州為什麼叫 "羊城" ？

2) 廣州的氣候怎麼樣？

15 用所給結構完成句子

結構：大年三十上午，外公帶着我逛了花市。

1) 爸爸不喜歡我聽 ＿＿＿＿＿＿＿＿＿＿＿＿＿＿＿（做作業）

2) 媽媽常說不要吃 ＿＿＿＿＿＿＿＿＿＿＿＿＿＿＿（說話）

3) 哥哥常常彈 ＿＿＿＿＿＿＿＿＿＿＿＿＿＿＿＿＿（唱歌）

4) 妹妹每天都看 ＿＿＿＿＿＿＿＿＿＿＿＿＿＿＿＿（吃飯）

16 用所給詞語填空

| 給 跟 為 |

1) 年初一早上，我 ＿＿ 爸爸媽媽去 ＿＿ 親戚拜年。

2) 我每年春節都去北京 ＿＿ 爺爺奶奶一起過年。

3) 學校 ＿＿ 我們提供了豐富多彩的課外活動。

4) 請你 ＿＿ 我介紹一下中國人怎麼慶祝春節。

5) 奶奶做的春卷 ＿＿ 媽媽做的不一樣。

6) 年初二，我 ＿＿ 外公外婆拜年，＿＿ 他們說："新年快樂！"

17 組詞並寫出意思

1) ＿＿＿ 屋子：＿＿＿＿＿ 4) ＿＿＿ 花市：＿＿＿＿＿

2) ＿＿＿ 燈籠：＿＿＿＿＿ 5) ＿＿＿ 年貨：＿＿＿＿＿

3) ＿＿＿ 春聯：＿＿＿＿＿ 6) ＿＿＿ 年夜飯：＿＿＿＿＿

18 閱讀理解

春節的傳說

傳說很久以前，有一種怪獸(guài shòu)叫"年"。每年除夕牠都出來傷害人畜(shāng hài rén chù)。後來人們發(fā)現牠怕紅、怕火(huǒ)，還怕爆炸聲(bào zhà shēng)，於是(yú shì)想出了對付(duì fu)牠的辦法(bàn fǎ)。

有一年除夕，家家都在門上貼上了紅色的紙，在屋子裏點上了火，孩子們還在院子裏不停地放爆竹。天黑以後，"年"來了。"年"看到門上的紅紙，看到屋子裏的火光(huǒ guāng)，聽到院子裏的爆竹聲，怕得逃(táo)走了。後來"年"再也不敢(gǎn)出來傷害人畜了。

這就是為什麼中國人春節在門上貼春聯、掛紅燈籠、舞龍、舞獅、放爆竹。這種風俗(fēng sú)一直保存至今(bǎo cún zhì jīn)。

選擇：

1) "年" ___ 出來傷害人畜。
   a) 大年初一
   b) 春節以後
   c) 大年三十晚上

2) "年"怕 ___。
   a) 人畜　b) 孩子哭
   c) 紅色

3) 那一年，"年"來的時候，___。
   a) 院子裏有火
   b) 門上有紅紙
   c) 屋子有爆炸聲

4) 中國人春節不 ___。
   a) 貼春聯
   b) 舞龍
   c) 賽龍舟

19 組詞

1) 跳舞 → ___　2) 掃除 → ___　3) 桃花 → ___　4) 食品 → ___

5) 餅乾 → ___　6) 牛排 → ___　7) 年糕 → ___　8) 年夜飯 → ___

① 以前中國人過年，小孩子都要穿新衣服。現在中國人的生活水平提高了，每天都可以穿新衣服。

春節正好是冬天，請寫出冬天穿的衣服名稱。

1) _____ 2) _____ 3) _____

4) _____ 5) _____

② 中國的春節一般在陽曆一二月，那時候中國大部分地區天氣都很冷。

請寫出關於天氣的詞語。

1) _____ 2) _____ 3) _____

4) _____ 5) _____

③ 中國人過年要說吉利的祝賀語。

請寫出人們常說的祝賀語。

1) _____ 2) _____

3) _____ 4) _____

④ 春節期間，中國人會做很多好吃的菜。一家老小、親戚朋友會團聚在一起大吃一頓。

請寫出中國人春節常吃的傳統食品。

1) _____ 2) _____ 3) _____

4) _____ 5) _____

⑤ 中國人過年吃的食物很多都有吉利的意思。

請寫出過年常吃的傳統食品和意思。

1) _____

2) _____

3) _____

4) _____

21 閱讀理解

親愛的田雲：

　　你最近怎麼樣？你今年春節是怎麼過的？

　　我今年過了一個特別的春節。我們學校大年三十才放假。一放假我就跟媽媽去了外公外婆家。外公外婆已經為過年做好了準備：屋子打掃得乾乾淨淨的，門口掛着一對紅燈籠，門上貼着春聯，客廳裏擺着桃花、百合花、水仙花 *shuǐ xiān huā* 等。外公外婆準備的年夜飯可豐富了，有雞鴨魚肉、餃子、春卷等，當然還有年糕。我吃得開心得不得了。正月初一，親戚們來給外公外婆拜年。我得到了很多壓歲錢。正月初二我去看了舞龍、舞獅，熱鬧極了！

　　還有很多有意思的事，我們見面再聊吧！

祝好！

李樂

A 選出四個正確的句子

☐ 1) 除夕那天李樂跟爸爸一起去了外公外婆家。

☐ 2) 李樂跟外公外婆一起為過年做準備。

☐ 3) 外公外婆家的門上貼着春聯。

☐ 4) 外公外婆做了很多好吃的飯菜。

☐ 5) 李樂初一得到了很多壓歲錢。

☐ 6) 李樂初二去看了舞龍、舞獅。

B 回答問題

1) 外公外婆家的門口掛了什麼？

2) 李樂年夜飯吃了什麼？

C 寫短文

給你的朋友寫一封電郵，說一說你今年過的一個重要節日。你要寫：

• 你是在哪兒過節的

• 你做了什麼

• 你吃了什麼特別的食物

• 你覺得這個節日過得怎麼樣

守株待兔

從前，宋國有一個農民，每天都努力地幹活兒。有一天，他在田裏幹活兒時，一隻野兔跑了過來。因為受到了驚嚇，野兔拼命地跑，一下子撞到樹上，撞斷脖子死了。農民走過去撿起兔子，覺得自己的運氣很好。晚上他和妻子快活地吃了一頓野兔肉。第二天，他一點兒都不想幹活兒，只想等兔子再跑過來撞死。可是，他白白等了一天。後來，他每天都到田裏等兔子跑過來撞到樹上。然而他再也沒有撿到過兔子。農田裏的稻苗也死了。這個農民因此成了宋國人的笑料。

生詞

1. 守 shǒu guard
2. 株 zhū stump
3. 待 dài wait for
4. 兔 tù rabbit

守株待兔 shǒu zhū dài tù foolishly rely on luck

5. 宋國 sòng guó State of Song (1040 B.C.–286 B.C.)
6. 幹活兒 gàn huór work
7. 野兔 yě tù hare
8. 受 shòu suffer
9. 驚嚇 jīng xià frighten
10. 拼命 pīn mìng desperately
11. 一下子 yí xià zi all at once
12. 撞 zhuàng run into
13. 斷 duàn break
14. 脖子 bó zi neck
15. 撿 jiǎn pick up
16. 運氣 yùn qi luck
17. 頓 dùn a measure word (used to indicate frequency)
18. 白白 bái bái in vain
19. 然而 rán ér however
20. 因此 yīn cǐ therefore
21. 笑料 xiào liào laughing stock

A 判斷正誤

□ 1) 野兔跑過來的時候，這個農民正在田邊休息。

□ 2) 他和妻子晚上吃了野兔肉。

□ 3) 他第二天一邊幹活兒一邊等野兔。

□ 4) 宋國人覺得他這樣做很好笑。

B 寫近義詞

| 因而　拼死 |
| 但是　高興 |

1) 拼命 →　　　　　　2) 快活 →

3) 然而 →　　　　　　4) 因此 →

C 翻譯

1) The farmer went over and picked up the rabbit.

2) He didn't feel like doing any work at all.

3) He waited for a day in vain.

4) However, he never got a rabbit again.

D 寫意思

1) 野 { 野兔 / 野菜 / 野花 }　wild

2) 命 { 拼命 / 要命 / 生命 }　life

3) 運 { 運氣 / 幸運 / 命運 }　luck

E 完成句子

1) 我每天都努力地 _____

2) 我今天一點兒都不累 _____

137

第三單元　複習

第七課

課文 1　派對　壽司　意大利麵　炸　雞翅　漢堡包　薯條　薯片　餅乾　糖果　冰淇淋　橙汁　蘋果汁　桃子　西瓜　香蕉　葡萄　梨　放　草莓　巧克力

課文 2　綠茶　茶點　自助餐　有名　口味　食物　甜品　鹹　糕餅　火腿　奶酪　香腸　生魚片　樣　咖啡　蔬菜　黃瓜　生菜　胡蘿蔔　芹菜　西蘭花　土豆絲　嘗　極

第八課

課文 1　端午節　龍舟　粽子　烤鴨　五香牛肉　紅燒肉　家常　豆腐　青菜　要　點　果盤　飲料　啤酒　菜單　買單　先生　太太　活　斤　健康　要是……，就……　渴　慢用

課文 2　中秋節　通常　羊肉　牛排　叉燒肉　三文魚　龍蝦　糖醋排骨　麻婆豆腐　香草冰淇淋　辣　餓　飽　一口氣　不得了　風味　品嘗　味道　感覺　傳統　食品　月餅　月亮　賞月　草地

第九課

課文 1　春節　大年三十　過年　票　重視　節日　團聚　迎接　拜年　得到　壓歲錢　紅包　關於　習俗　除夕　包　餃子　可　年夜飯　放煙花　放爆竹　正　新年　舊　交接

課文 2　準備　年貨　慶祝　打掃　大掃除　屋子　掛　燈籠　貼　春聯　開心果　花市　桃花　百合花　春卷　年糕　湯圓　希望　餘　高升　團圓　着　舞龍　舞獅　熱鬧

句型：

1) 草莓蛋糕沒有巧克力蛋糕好吃。

2) 我今天開心極了！

3) 今天是端午節，不能不吃粽子。

4) 再來一個炒青菜。

5) 我們現在點菜。

6) 吃晚飯的時候我餓得不得了。

7) 奶奶包的餃子可好吃了！

8) 我們一到廣州就開始為過年做準備了。

9) 我穿着新衣服去給親戚拜年。

問答：

1) 要不要給你們做一個水果沙拉？　好。水果沙拉裏要放桃子、西瓜、香蕉、葡萄和梨。

2) 除了吃東西以外，你們還想做什麼？　我們想在家裏看電影。

3) 花園酒店的自助茶點怎麼樣？　花園酒店的自助茶點特別有名。那裏有各種口味的食物，有甜的糕餅、冰淇淋，也有鹹的火腿奶酪三明治、小香腸，還有生魚片。

4) 你爸爸吃了什麼？　他一邊喝咖啡，一邊吃了好幾塊蛋糕。

5) 你覺得今年的生日過得怎麼樣？　我覺得今年的生日挺特別的。

6) 你們好！這是菜單。　我們現在點菜。今天是端午節，不能不吃粽子。先來兩個粽子。我們還要烤鴨、五香牛肉、紅燒肉、蒸魚和家常豆腐。

7) 幾位想喝點兒什麼飲料？　我們都渴了。兩個孩子每人一杯可樂。我和太太要一瓶啤酒。

8) 他們一邊吃月餅一邊做什麼？　他們坐在草地上一邊吃月餅一邊賞月。

9) 中秋節的月亮什麼樣？　中秋節的月亮又圓又亮，漂亮極了！

10) 除了紅包以外，你還知道其他關於春節的習俗嗎？　吃完年夜飯，我可以跟爸爸一起放煙花、放爆竹。

11) 中國人會為過春節做哪些準備？　人們會把屋子打掃得乾乾淨淨的，還在客廳裏掛上紅燈籠，在門上貼上春聯，在桌子上擺上開心果等零食。

12) 中國人年夜飯吃什麼？　人們吃魚、年糕和湯圓。

139

第三單元　測　驗

1 詞語歸類

土豆　桃子　蘋果　菜花　香蕉　草莓　西瓜　葡萄　橙子 梨　胡蘿蔔　西紅柿　生菜　青菜　捲心菜　西蘭花　黃瓜	
蔬菜	水果

2 詞語歸類

粽子	拜年	舞龍	賞月
煙花	月亮	龍舟	月餅
爆竹	春聯	舞獅	湯圓
年糕	壓歲錢		

1) 春節 ＿＿＿ ＿＿＿ ＿＿＿ ＿＿＿

＿＿＿ ＿＿＿ ＿＿＿ ＿＿＿

2) 中秋節 ＿＿＿ ＿＿＿ ＿＿＿

3) 端午節 ＿＿＿ ＿＿＿

3 組詞並寫出意思

雞翅	豆腐
蛋糕	肉
羊肉	麵
排骨	牛肉

1) 炸 ＿＿＿：＿＿＿＿

2) 糖醋 ＿＿＿：＿＿＿＿

3) 龍蝦 ＿＿＿：＿＿＿＿

4) 烤 ＿＿＿：＿＿＿＿

5) 麻婆 ＿＿＿：＿＿＿＿

6) 叉燒 ＿＿＿：＿＿＿＿

7) 五香 ＿＿＿：＿＿＿＿

8) 奶酪 ＿＿＿：＿＿＿＿

4 詞語歸類

可樂　湯圓　薯片　醋　麻婆豆腐　香腸　糖果　西瓜　橙汁　巧克力			
甜	鹹	辣	酸

5 組詞並寫出意思

餃子	屋子
燈籠	花市
春聯	新年
煙花	桃花

1) 掛 _____ : _____

2) 逛 _____ : _____

3) 包 _____ : _____

4) 迎接 _____ : _____

5) 貼 _____ : _____

6) 買 _____ : _____

7) 放 _____ : _____

8) 打掃 _____ : _____

6 用所給詞語填空

着
了
過

1) 爸爸點 ___ 三菜一湯。

2) 我穿 ___ 新衣服去給親戚拜年。

3) 他沒吃 ___ 德國香腸。

4) 他睡 ___ 兩個小時 ___ 。

5) 媽媽喜歡聽 ___ 音樂做家務。

6) 我小時候看 ___ 龍舟比賽。

7) 今天我們吃 ___ 北京烤鴨。

7 根據實際情況回答問題

1) 你去年開生日派對了嗎？是在哪兒開生日派對的？

2) 你常吃自助餐嗎？吃自助餐的時候你最喜歡吃什麼？

3) 你們家過中秋節嗎？去年的中秋節你們是怎麼過的？

4) 你們家過端午節嗎？去年的端午節你們吃了什麼？

5) 你們家過春節嗎？去年的春節你們是在哪兒過的？

6) 你們家為春節做哪些準備？你春節期間去給誰拜年？

8 用所給詞語填空

把
被

1) 春節前，我們 ＿＿ 屋子打
掃得乾乾淨淨的。

2) 奶奶包的餃子都 ＿＿ 我吃
完了。

3) 玩具汽車 ＿＿ 弟弟弄壞了。

4) 我 ＿＿ 衣服洗乾淨了。

5) 快 ＿＿ 甜品吃完！

6) 房間 ＿＿ 小狗弄得很髒。

9 翻譯

1) 香草冰淇淋沒有草莓冰淇淋好
吃。

2) He is not as tall as his elder brother.

3) 外婆做的菜，樣樣都好吃。

4) When the New Year arrives, every household
eats dumplings.

5) 要是想吃四川菜，就點一個麻
婆豆腐。

6) If you want to eat healthily, you must eat
more vegetables.

7) 你知道春節什麼時候吃餃子
嗎？

8) Do you know what people eat during the
Dragon Boat Festival?

10 造句

1) 可……了　熱鬧：

2) 極了　麻婆豆腐：

3) 能不能　派對：

4) 不得了　乾淨：

5) 一口氣　飲料：

6) 希望　湯圓：

我叫家正。因為爸爸工作的關係，我們一家今年夏天搬到了香港。今年九月，我在香港過了第一個中秋節。

中秋節前一天晚上，我跟爸爸去了香港維多利亞公園。那裏有彩燈展覽。我們看到了各種各樣的彩燈，有木馬、恐龍、機器人等。那裏還有傳統技藝表演、傳統小吃和猜燈謎遊戲。中秋節晚上，家家戶戶都去聚餐，有的在家裏吃，有的在飯店吃，還有的在空地上野餐。我們一家去飯店吃了自助餐。吃完飯，我們去公園一邊賞月一邊吃月餅。香港的月餅有很多種，我最喜歡吃冰皮月餅。那天晚上我還提着燈籠玩兒了螢火棒。

A 選出四個正確的句子

☐ 1) 家正家剛到香港幾個月。

☐ 2) 他中秋節晚上去維多利亞公園看了彩燈。

☐ 3) 在維多利亞公園還可以看表演、吃傳統小吃。

☐ 4) 中秋節晚上有的家庭去野餐。

☐ 5) 中秋節晚上他們是在家吃飯的。

☐ 6) 中秋節晚上他玩了螢火棒，還提了燈籠。

B 回答問題

1) 維多利亞公園裏除了彩燈展覽，還有什麼？

2) 中秋節晚上，人們都在哪兒吃晚飯？

寫一寫你過得最開心的一個節日。你要寫：

• 你是什麼時候、在哪兒過節的

• 節日前你做了哪些準備

• 節日那天你們吃了什麼

• 節日期間你做了什麼

• 為什麼這個節日過得很特別

課文 1

1 寫意思

① { 火車站：＿＿＿＿＿　地鐵站：＿＿＿＿＿ } ② { 電梯：＿＿＿＿＿　樓梯：＿＿＿＿＿ } ③ { 過街天橋：＿＿＿＿＿　街邊小吃：＿＿＿＿＿ }

④ { 紅綠燈：＿＿＿＿＿　電燈：＿＿＿＿＿ } ⑤ { 山腳：＿＿＿＿＿　火山：＿＿＿＿＿ } ⑥ { 五號線：＿＿＿＿＿　路線：＿＿＿＿＿ }

2 猜一猜，上網查意思

❶ 出口

❷ 人行道
xíng

❸ 候機室
hòu jī

❹ 入口
rù kǒu

❺ 單行道
dān xíng

❻ 公用電話

❼ 海關

❽ 加油站

❾ 公共廁所

❿ 餐車

⓫ 問訊處
xùn

⓬ 公共圖書館

3 造句

1) 坐公共汽車　大概　八站：

2) 走路　大約　半個鐘頭：

3) 坐飛機　多　一個小時：

4) 壓歲錢　多　五百塊：

5) 度假　大概　十二月底：

6) 冬天　左右　零下十度：

144

4 找一找

① 　　你先往前走，在第一個路口過馬路。超市就在你的右手邊。　　（　）

② 　　一直往前走，走到第一個十字路口往右拐，再往前走，到了丁字路口(dīng zì)過馬路。你就到百貨商店了。

　　　　　　　　　　　（　）

③ 　　一直往前走，在第二個路口往左轉，再走大概兩分鐘。醫院就在你的左手邊。　　（　）

5 用所給結構完成句子

結構：大年初一，我穿着新衣服去給親戚拜年。

1) 今年暑假，我們會帶着 ＿＿＿＿＿＿＿＿＿＿＿＿ 去度假。

2) 弟弟每天晚上都看着 ＿＿＿＿＿＿＿＿＿＿＿＿ 吃飯。

3) 今天又颱風又下雪，她戴着 ＿＿＿＿＿＿＿＿＿＿ 去上學。

4) 你沿着 ＿＿＿＿＿＿＿＿＿＿＿＿＿＿＿＿＿＿＿＿

① 李遠要去游泳池。他得先沿着路一直往 ＿＿＿ 走。他會路過一 ＿＿＿ 小學，然後向 ＿＿＿ 拐。他會 ＿＿＿ 一個旅行社，再走 ＿＿＿ 兩分鐘，就到游泳池了。游泳池就在他的 ＿＿＿ 邊。

②

田美方要去電影院。她要先往 ＿＿＿ 走，到第一個路口往 ＿＿＿ 拐。再走 ＿＿＿ 三分鐘，她會路過一家醫院，然後向 ＿＿＿ 轉，就能看到電影院了。

7 用漢語寫交通工具

1) 地鐵＿＿＿＿＿　2) ＿＿＿＿＿＿　3) ＿＿＿＿＿＿　4) ＿＿＿＿＿＿

5) ＿＿＿＿＿＿　6) ＿＿＿＿＿＿　7) ＿＿＿＿＿＿　8) ＿＿＿＿＿＿

8 看圖回答問題

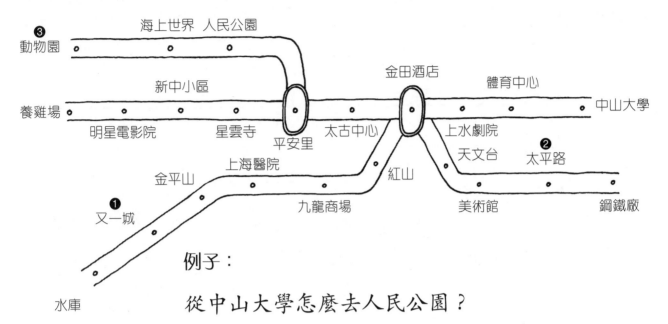

例子:

從中山大學怎麼去人民公園?

你先坐去養雞場方向的地鐵,坐五站,到平安里。然後轉去動物園方向的地鐵,坐一站就到人民公園了。

❶ 從又一城怎麼去海上世界?

_____

_____

❷ 從太平路怎麼去明星電影院?

_____

_____

❸ 從動物園怎麼去九龍商場?

_____

_____

9 用所給結構完成句子

結構：坐地鐵更方便。

1) 上海的冬天挺冷的，北京的冬天 _____

2) 我媽媽做的餃子很好吃，我奶奶 _____

3) 坐飛機旅行 _____

10 找一找

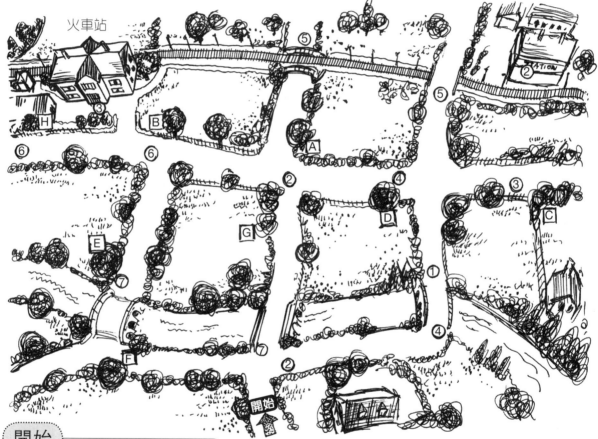

開始 往前走，在十字路口往右拐。看 ❷

❷ 一直往前走，看見橋往左拐，過橋。看 ❶

❶ 一直走，看見鐵路 tiě lù 停下來。看 ❺

❺ 往回走，在第一個十字路口往右拐。看 ❹

❹ 再往前走，在第二路口往右拐，進火車站看看。看 ❸

❸ 走回大路上，過馬路。看 ❻

❻ 往前走，看見一座橋。不要過橋，站在那兒，面對 miàn duì 橋。看 ❼

❼ 向後轉。你的左邊有一棵 kē 樹。寶物 bǎo wù 就在樹下。（ ）

11 閱讀理解

A: 請問，去大明旅行社怎麼走？

B: 對不起，我也不知道。你問問別人吧！

A: 請問，你知道怎麼去大明旅行社嗎？

C: 你先沿着這條路往前走，到了十字路口往左拐。你會路過一家酒店，再走兩三分鐘就到了。

- -

A: 警察先生，您好！我迷路了。請問怎麼去火車站？

B: 你可以走路去，也可以坐地鐵去。

A: 如果走路去要走多長時間？怎麼走？

B: 要走二十分鐘左右。你要從那邊的過街天橋過馬路，沿着那條街一直往東走。

A: 那坐地鐵怎麼去？

B: 地鐵站就在我們對面。你應該坐去蘋果園方向的地鐵，坐兩站，在中山廣_{guǎng}場站下車。_{chǎng} _{xià chē}

A: 要換乘嗎？_{huànchéng}

B: 不用。這條線剛好直接到中山廣場站。_{zhí jiē}

A: 那我還是坐地鐵吧，我怕再迷路了。謝謝您！

B: 不客氣。

A 選出四個正確的句子

☐ 1) 去大明旅行社要在前面的路口向右轉。

☐ 2) 去大明旅行社會路過一家酒店。

☐ 3) 走路或者坐地鐵都可以到火車站。

☐ 4) 走路去火車站要先過馬路。

☐ 5) 蘋果園和火車站不在同一個方向。

☐ 6) 如果坐地鐵去火車站，要坐到中山廣場站。

B 寫短文

假設你的朋友要去你家。你發短信告訴他/她怎麼走。

- 坐巴士/地鐵/電車
- 坐幾路
- 坐去哪個方向的車
- 坐幾站，在哪兒下車

12 組詞並寫出意思

A 例子：紙杯蛋糕（cup cake）
　　　　　名詞　名詞

> 游泳池　食品　活動室　廣場　服裝店　小區

1) 室外 _____ （　　　　　）　　4) 名牌 _____ （　　　　　）

2) 兒童 _____ （　　　　　）　　5) 住宅 _____ （　　　　　）

3) 傳統 _____ （　　　　　）　　6) 購物 _____ （　　　　　）

B 例子：生活方便（It is convenient living here.）
　　　　　名詞　形容詞

> 方便　齊全　寒冷　優美

1) 交通 _____ （　　　　　）　　3) 環境 _____ （　　　　　）

2) 設施 _____ （　　　　　）　　4) 天氣 _____ （　　　　　）

13 用所給結構完成句子

結構：這個小區才建好兩年。

1) 他 _____ （學漢語　兩個月）

2) 我們在太陽新區 _____ （住　半年）

3) 我們學校的戲劇室 _____ （建　三個月）

4) 他昨天晚上 _____ （睡　五個小時）

14 模仿例子寫廣告

太陽新區會所為小區居民提供了各種課程。下面是其中一個廣告。

<table>
<tr><td>

國畫班

課程：初級國畫班

dui xiàng
對象：五歲到十五歲的學生

rén shù
人數：6 到 12 個

上課時間：週二、週四、週六

下午四點到五點

課次：三十六次（十二週）

xué fèi
學費：￥1800.00

報名時間：五月三十一日以前

小畫家美術中心

5 月 10 日

</td><td>

漢語班

</td></tr>
</table>

15 造句

1) 不僅……，而且……　　齊全　優美：

2) 不但……，還……　　養寵物　培養　管理：

3) 要是……，就……　　健康　運動：

4) 小區　公共設施　齊全：

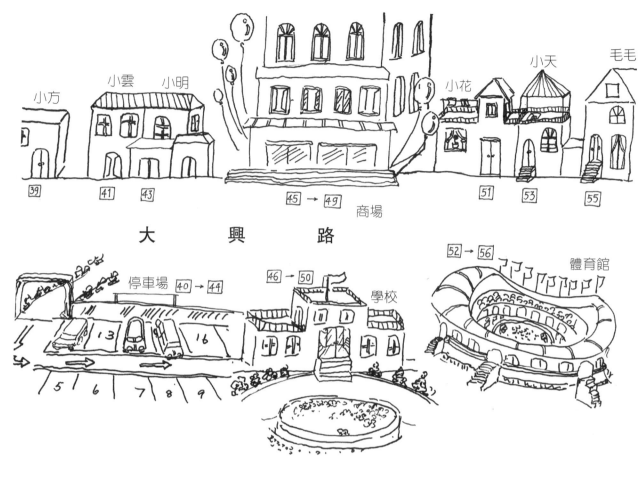

判斷正誤：

☐ 1) 商場在學校對面。

☐ 2) 小雲家在小明家隔壁。

☐ 3) 小花家離學校很遠。

☐ 4) 停車場在學校前面。

☐ 5) 毛毛家離小方家很近。

☐ 6) 小方家住在 43 號。

☐ 7) 小天家在體育館旁邊。

☐ 8) 體育館在學校旁邊。

17 組詞

1) 室：電腦室　_____　_____

2) 場：_____　_____

3) 站：_____　_____

4) 館：_____　_____

5) 店：_____　_____　_____

18 閱讀理解

下面是幾個貼在小區裏的廣告。

① 您只要動手打個電話：36707630。
　　　　　　　　　　新安搬家公司

② 住宅室內裝修（zhuāng xiū）：價格便宜，質量好。電話：86008600

③ 出租三房兩廳兩衛（wèi），租金（zū jīn）面談（miàn tán）。
電話：92843920（手機）張小姐

④ 二手本田車，白色，八成新（chéng）。
價錢：9萬6。電話：29793651
　　　　　　　　　　高先生

判斷正誤：

☐ 1) 如果要搬家，你可以給新安搬家公司打電話。

☐ 2) 如果辦公室要裝修，你可以打86008600。

☐ 3) 第三個廣告出租的房子有三間卧室和一個廁所。

☐ 4) 高先生想賣掉他灰色的本田車。

☐ 5) 4月8日住在小區的人會種花、種草、種樹。

☐ 6) 超市只需要招一名售貨員。

⑤ 4月8日是綠化（lù huà）環境日。

⑥ 超市急招募（zhāo mù）數名售貨員。

19 完成句子

1) 這家文具店賣鉛筆、＿＿＿＿＿＿＿＿＿＿

2) 這是一家兒童服裝店。你在這裏可以買到＿＿＿＿＿＿＿

3) 這家便利店上個星期才開業（kāi yè）。他們賣＿＿＿＿＿＿

4) 你在菜市場可以買到＿＿＿＿＿＿＿＿＿＿

5) 購物廣場裏有各種商店，比如＿＿＿＿＿＿＿＿

6) 太陽新區的設施很齊全，有＿＿＿＿＿＿＿＿＿

下面是小區報紙上的廣告。

---

①
舊車換新車

本店出售中國車、美國車、德國車、日本車和韓國車。如果你想用舊車換新車，請把您的舊車開到本店。折價後，您只需付一定的差價，就能開走一輛新車。

電話：54649280

大發車行

---

②
暑期書法班

少兒班：6-15 歲

課長：八週（7月6日-8月26日）

上課時間：週一、週三
早上 8:30-9:30

成人班：18 歲以上

課長：四週（7月4日-7月25日）

上課時間：週六下午 4:00-5:00

上課地點：會所活動室 503 室

---

③
舊琴換新琴

您想得到一架新鋼琴嗎？請給本店打電話，我們會上門為您的舊鋼琴折價。您還可以分期付款。本店會把舊鋼琴運走，把新鋼琴送來。

電話：45689000

百花琴行

---

④
中文作文班

對象：12-16 歲

上課時間：週二、週四、週六
上午 8:30-9:30

課次：36 次（12 週）

學費：200 塊 / 次

電話：25470000（王老師）

回答問題：

1) 除了花錢買新車，還可以怎樣得到新車？

2) 如果你今年 12 歲，你八週一共要上多少節書法課？

3) 不去百花琴行可以買到新鋼琴嗎？

4) 如果上中文作文班，每個星期要花多少錢？

21 閱讀理解

上個週末叔叔家搬進了一個新小區。今天我跟媽媽一起去了他的新家。他家的小區很漂亮，有很多花草樹木，到處都是綠色的。

他家的小區是三年前建好的。小區周圍的設施非常齊全。小區附近就有公共汽車站和地鐵站，走路大概三分鐘就到了。小區旁邊有一個很大的購物廣場：太陽購物廣場。廣場裏有各種商店，不僅有超市和百貨商店，還有藥店、首飾店、鞋帽店、玩具店等等。廣場一樓有郵局、銀行，還有不同風味的飯店和各式快餐店。

小區裏有各種設施：網球場、室外游泳池、兒童遊樂場和會所。會所裏有健身房和活動室。

我覺得這裏環境優美、生活方便。我也想搬到這個小區。

A 選出四個正確的句子

☐ 1) 他叔叔已經在這個小區住了三年了。

☐ 2) 小區的綠化很好。

☐ 3) 公共汽車站和地鐵站都在小區附近。

☐ 4) 太陽購物廣場裏有各種各樣的商店。

☐ 5) 小區裏有一個室外游泳池和一個室內游泳池。

☐ 6) 這個小區很適合有孩子的家庭住。

B 回答問題

1) 他叔叔家的小區是什麼時候建好的？

2) 小區周圍有哪些設施？

3) 小區裏有什麼設施？

C 寫短文

介紹你住的小區／社區。你要寫：

• 小區裏的設施和環境

• 小區附近的公共設施

• 你在這裏住了多長時間了

• 你為什麼喜歡／不喜歡住在這裏

一舉兩得

　　春秋時，有一個人在山腳下看見兩隻老虎正在爭吃一頭死牛。這個人馬上拔出劍，想去殺死這兩隻老虎。他的同伴說：“等一等！為了爭吃牛肉，這兩隻老虎一定會爭鬥。爭鬥的結果，一定是小老虎死，大老虎傷。到那時，你再去殺死那隻受傷的老虎，就可以同時得到兩隻老虎了。”果然，兩隻老虎真的開始爭鬥。過了一會兒，小老虎死了，大老虎受了重傷。這時，這個人用劍殺死了那隻受傷的老虎。他一下得到了兩隻老虎。

生詞
❶ 舉 jǔ act
一舉兩得 yì jǔ liǎng dé kill two birds with one stone
❷ 春秋 chūn qiū the Spring and Autumn period (770 B.C.–476 B.C.)
❸ 老虎 lǎo hǔ tiger
❹ 爭 zhēng contend
爭鬥 zhēng dòu fight
❺ 殺死 shā sǐ kill
❻ 同伴 tóng bàn companion
❼ 結果 jié guǒ outcome
❽ 傷 shāng injure; injury
受傷 shòu shāng be injured
重傷 zhòng shāng serious injury
❾ 同時 tóng shí at the same time
❿ 果然 guǒ rán as expected

A 判斷正誤

☐ 1) 這個人一看見老虎就想用劍殺死牠們。

☐ 2) 他的同伴知道老虎一定會為食物爭鬥。

☐ 3) 大老虎在爭鬥時被殺死了。

☐ 4) 這個人殺死了兩隻老虎。

B 翻譯

1) This person pulled out his sword immediately.

2) These two tigers will definitely get into a fight.

3) get two tigers at the same time

4) He killed that injured tiger with the sword.

C 寫意思

1) 腳 { 山腳 / 牆腳 (qiáng) } foot

2) 果 { 結果 / 因果 } result

3) 重 { 重傷 / 重病 } serious

D 寫意思

① { 爭 : _____ / 淨 : _____ }

② { 半 : _____ / 伴 : _____ }

③ { 興 : _____ / 舉 : _____ }

④ { 門 : _____ / 鬥 : _____ }

E 創意寫作

假設這個人沒聽朋友的建議會怎麼樣？為《一舉兩得》寫一個新結尾。

157

課文 1

1 組詞並寫出意思

A 例子：<u>交通</u><u>工具</u>（means of transport）
　　　　名詞　名詞

> 游泳池　　節日　　活動室　　環境

1) 傳統 _____ (　　　　　　)　　3) 室內 _____ (　　　　　　)

2) 兒童 _____ (　　　　　　)　　4) 生活 _____ (　　　　　　)

B 例子：<u>風景</u><u>優美</u>（beautiful scenery）
　　　　名詞　形容詞

> 舒適　　方便　　齊全　　實惠

1) 價錢 _____ (　　　　　　)　　3) 設施 _____ (　　　　　　)

2) 生活 _____ (　　　　　　)　　4) 交通 _____ (　　　　　　)

C 例子：<u>地道的</u><u>四川菜</u>（authentic Sichuan food）
　　　　形容詞　　名詞

> 風景　　景點　　環境　　煙花

1) 優美的 _____ (　　　　　　)　　3) 舒適的 _____ (　　　　　　)

2) 著名的 _____ (　　　　　　)　　4) 漂亮的 _____ (　　　　　　)

2 寫反義詞

1) 軟 → _____　2) 快 → _____　3) 餓 → _____　4) 髒 → _____

5) 貴 → _____　6) 晴 → _____　7) 壞 → _____　8) 借 → _____

3 閱讀理解

①
漢語暑期班

上課時間：

初級班　週一、週三 8:00-9:00

中級班　週二、週五 12:00-13:00

高級班　週四、週六 10:00-11:00

學習課長：六週

老師：北京大學中文老師

學費：每期 1000 元

地點：北京大學漢語中心

回答問題：

1) 漢語暑期班一共有幾個班？

2) 高級班什麼時候上課？

3) 暑期班的學費是多少？

4) 暑期班在哪兒上課？

②
數學家教

上課時間：週一至週五

上午 10:00-11:00

下午 14:00-15:00

上課方式（fāng shì）：一對一輔導（fǔ dǎo）

老師：數學系（xì）大三、大四學生

學費：每節課 150 元

地點：上門授課（shòu kè）

判斷正誤：

☐ 1) 數學家教週一到週五上課。

☐ 2) 一節數學課 60 分鐘。

☐ 3) 一個家教每次只教一個學生。

☐ 4) 學生可以在自己家上課。

☐ 5) 如果一週上兩次課，四週要花 1000 塊。

4 寫出帶點字的意思

1) 請沿着這條路一直往前走。

2) 我一直都想嘗嘗地道的四川菜。

3) 奶奶包的餃子可好吃了！

4) 現在所有文具都在減價，一個包只要 30 元。

5 讀對話，寫短文

媽媽要給我和弟弟訂兩張去北京的火車票。下面是媽媽跟服務員的對話。

媽媽：我想訂兩張去北京的火車票。

服務員：請問，您要訂哪天的票？

媽媽：7月1號去，7月15號回來。

服務員：您想訂硬臥還是軟臥？

媽媽：軟臥。一張票多少錢？兒童票多少錢？

服務員：一張往返票580塊，兒童票半價。12歲以上要買成人票。

媽媽：我要訂一張成人票、一張兒童票。

根據左邊的對話寫短文。

　　今年暑假，我跟弟弟要去北京度假。這次我們會坐火車去北京，因為坐火車比坐飛機＿＿＿＿＿＿＿

＿＿＿＿＿＿＿＿＿＿＿＿＿

＿＿＿＿＿＿＿＿＿＿＿＿＿

＿＿＿＿＿＿＿＿＿＿＿＿＿

＿＿＿＿＿＿＿＿＿＿＿＿＿

＿＿＿＿＿＿＿＿＿＿＿＿＿

6 用所給結構及詞語造句

結構：火車票比飛機票便宜得多。坐火車比坐飛機更舒適。

1) 紅燒魚　蒸魚　好吃：

2) 遊輪　火車　舒適：

3) 軟臥　硬臥　舒服：

4) 菜市場　超市　便宜：

5) 地鐵　電車　方便：

6) 走讀學校　寄宿學校　便宜：

7 讀電郵，寫短文

園園：

　　你好！

　　你最近忙嗎？你們什麼時候開始放暑假？暑假你打算去哪兒度假？

　　今年暑假我想坐遊輪去上海。在遊輪上我可以打牌、看書、玩兒遊戲等。另外，坐遊輪比坐飛機更舒適。但是媽媽覺得我應該坐火車去上海，因為坐火車比坐遊輪快。

　　我會在上海待一個星期，然後從上海坐飛機去新加坡。我叔叔和嬸嬸住在新加坡。他們會帶我去遊覽那裏著名的野生動物園。另外，他們還會帶我品嘗各種美食。

　　你今年暑假打算怎麼過？

李海

小任務　假設你是園園，給李海回一封電郵，告訴他：
- 你什麼時候放暑假
- 你暑假想去哪兒，為什麼
- 你打算怎麼去，為什麼

8 用所給結構及詞語造句

結構：我想去大熊貓保護區和動物園看看。另外，我喜歡吃辣的，一直都想去嘗嘗地道的四川菜。

1) 坐火車　舒適　火車票：　　　2) 住宅小區　設施　環境：

3) 養寵物　時間　費用：　　　4) 過春節　傳統食品　壓歲錢：

① 　學校放假就是要讓我們的腦子放鬆（fàng sōng）一下，讓我們的身體休息一下。可是，我的暑假根本（gēn běn）就不是暑假。

　所有老師都給我們留（liú）了暑假作業。雖然每門課的功課都不多，但是所有功課加（jiā）在一起就多了。我媽媽還給我報了鋼琴課、繪畫（huì huà）課和英文補習。我覺得我比上班的人還忙。上班的人朝（zhāo）九晚五，晚上沒有"家庭作業"，週末還可以出去玩。可是，我假期還要做功課。我快變成機器人了。

☐ 1) 他什麼暑假作業都沒有。

☐ 2) 他每門課的功課都很多。

☐ 3) 他假期裏會彈鋼琴。

☐ 4) 除了做學校的作業以外，他還要上英文補習課。

B　回答問題

1) 他為什麼説自己的暑假不是暑假？

2) 他為什麼覺得自己比上班的人忙？

② 　假期是最好的學習時間。我覺得假期裏不應該只吃、喝、玩、樂，不學習。

　我覺得學生應該有暑期作業。學生應該好好利用（lì yòng）暑期時間，花一部分時間做功課，一部分時間做自己喜歡做的事。

A　判斷正誤

他認為 ＿＿＿＿ 。

☐ a) 暑假裏學生要做功課

☐ b) 暑假裏學生要有自己的時間

☐ c) 學生不應該放暑假

☐ d) 學生可以不做作業

B　寫短文

寫一寫你理想的暑假。

10 閱讀理解

去年復活節我和家人坐高鐵從深圳去了北京。

出發以前,我有點兒擔心,怕在火車上的十個小時會無聊。但其實我一點兒都不用擔心。我們的座位是一等座。座位寬寬的,比坐飛機舒服得多。一路上,我聽音樂、看書、玩兒電腦遊戲、看外面的風景,一點兒也不無聊。

火車上有餐車。我跟爸爸去餐車吃了午餐,飯菜的味道挺好的。因為媽媽要看行李,所以我們給她買了盒飯套餐,裏面有米飯、炒芹菜、牛肉蘿蔔和紫菜蛋花湯。媽媽感覺盒飯的味道不錯。一個盒飯只賣四十塊,也不算貴。

坐高鐵旅遊安全、舒適又實惠。我以後還會坐高鐵去旅遊。

A 選出四個正確的句子

☐ 1) 他去年不是在深圳過復活節的。

☐ 2) 高鐵的座位比飛機的寬,比飛機的舒服。

☐ 3) 上火車前,他們去餐廳買了午飯。

☐ 4) 在高鐵上,他跟爸爸、媽媽一起去餐車吃了午飯。

☐ 5) 媽媽的盒飯套餐裏除了米飯,還有兩菜一湯。

☐ 6) 他以後還會坐高鐵旅遊。

B 回答問題

1) 在火車上他做了什麼?

2) 在火車上他媽媽吃了什麼?

3) 坐高鐵旅遊有哪些好處?

C 寫短文

給你的朋友寫一封電郵,談一談你去年暑假是怎麼過的。你要寫:

• 暑假你去了哪裏,你是怎麼去的

• 你在那裏做了什麼

• 你覺得暑假過得怎樣

11 寫意思

①⎰ 賓館：_____
　 旅館：_____
　⎱ 飯館：_____

②⎰ 冰燈：_____
　 電燈：_____
　⎱ 路燈：_____

③⎰ 相機：_____
　 相片：_____
　⎱ 相框：_____

④⎰ 合算：_____
　⎱ 合唱：_____

⑤⎰ 天氣：_____
　⎱ 運氣：_____

⑥⎰ 太陽鏡：_____
　⎱ 滑雪鏡：_____

⑦⎰ 興奮：_____
　⎱ 高興：_____

⑧⎰ 參觀：_____
　⎱ 觀賞：_____

⑨⎰ 行李箱：_____
　⎱ 行李架：_____

12 組詞

1) 參：<u>參加</u> <u>參觀</u>　2) 景：_____ _____　3) 名：_____ _____

4) 期：_____ _____　5) 卧：_____ _____　6) 價：_____ _____

13 造句

1) 數碼相機　減價　便宜：

2) 期待　暑假　旅行：

3) 寒假　度假　滑雪：

4) 坐火車旅行　不但……，而且……：

5) 不僅……，而且……　環境：

6) 期待　相信　難忘：

14 用所給詞語填空

| 觀賞　訂　相信　拍　逛街　期待　乘坐　品嘗 |

1) 這個假期，我們會 ＿＿ 遊輪遊覽東南亞的幾個國家。

2) 昨天，我們去旅行社 ＿＿ 了三張長途旅遊巴士票。

3) 如果能去四川，我一定要去 ＿＿ 一下地道的四川美食。

4) 爸爸説哈爾濱的雪景非常美。我一定可以 ＿＿ 很多漂亮的照片。

5) 在哈爾濱期間，我們有機會 ＿＿ 冰燈和雪景。

6) 我 ＿＿ 這一定會是一次難忘的旅行。

7) 我特別 ＿＿ 穿着新滑雪服去滑雪。

8) 今天我和媽媽去 ＿＿ 了。我們逛了一上午，買了很多物美價廉的東西。

15 閱讀理解

　　現在外出度假，有的人不住賓館，他們會選擇上網租房子。

　　今年寒假我們去哈爾濱度假的時候，爸爸在網上租了一套三房兩廳的套間。這個套間在一幢 18 層的住宅大樓裏。

　　這幢住宅大樓在市中心，周圍有很多公共設施，有超市、便利店、菜市場、飯店、公園等。大樓附近還有公共汽車站和地鐵站，去旅遊景點很方便。

根據實際情況回答問題：

1) 你們家外出旅行會選擇上網租房子嗎？為什麼？

2) 旅行的時候你會選擇住在市中心嗎？為什麼？

3) 旅行的時候你會選擇什麼市內交通工具？為什麼？

16 用所給結構及詞語造句

結構：我和媽媽越聽越興奮。

1) 小說　看　好看：

2) 中餐　吃　喜歡：

3) 雪　下　大：

4) 漢字　寫　漂亮：

17 閱讀理解

親愛的爸爸、媽媽： ①

　　我是昨天離開南京來到上海的。七、八月的上海非常熱。晚上十一二點我還能聽見街上汽車和人羣的吵鬧聲。我明天會坐火車去北京。

誠誠

8 月 5 日

夏雨： ②

　　我今天坐船去了大亞灣附近的一個小島。島上住的都是漁民，到處都是花草樹木，十分漂亮。我會在島上待一週。

書琴

7 月 18 日

冬冬： ③

　　我坐了大概七個小時的長途巴士終於到了廣西桂林。這裏的人不太會說英語。我打算在農民家住三天，體會這裏少數民族的風土人情。

小安

8 月 6 日

判斷正誤：

☐ 1) 誠誠是從南京到上海的。

☐ 2) 上海的夏天不太熱。

☐ 3) 誠誠下一個目的地是北京。

☐ 4) 書琴是坐船到大亞灣的。

☐ 5) 小島上的環境非常優美。

☐ 6) 書琴打算 7 月 29 日離開小島。

☐ 7) 桂林人都不會說英語。

☐ 8) 小安會住在賓館。

☐ 9) 小安會在桂林待一週。

18 翻譯

1) 那裏的雪景像明信片一樣。

2) 中秋節那天的月亮像明鏡一樣，高高地掛在天空^{tiān kōng}。

3) 他的房間裏有很多書，像圖書館一樣。

4) 他的漢語說得像中國人一樣。

19 閱讀理解

最近一種新式旅遊——"觀光^{guān guāng}農場^{nóng chǎng}"開始流行。越來越多的城裏人選擇去農村^{nóng cūn}度假了。

"觀光農場"一般由幾家農民合辦^{hé bàn}，提供簡單的食宿^{shí sù}。遊客^{yóu kè}們可以在那裏住幾天，呼吸新鮮空氣^{hū xī xīn xiān kōng qì}，參加一些農田勞動^{nóng tián láo dòng}，比如種^{zhòng}花、種菜、拔草^{bá}等。退休^{tuì xiū}的老人可以到農場租土^{tǔ}地^{dì}、農具^{nóng jù}，種他們喜歡的東西。有的農場還為青少年^{qīng shào nián}提供了學習用的植物^{zhí wù}園^{yuán}。

這種旅遊方式很受歡迎，可以讓城裏人暫時離開^{zàn shí lí kāi}大城市，到農村去體^{tǐ}驗^{yàn}一下。

配對：

☐ 1) 觀光農場

☐ 2) 幾家農民

☐ 3) 城裏的遊客

☐ 4) 退休的老人

　　a) 可以在農場租土地。

　　b) 一起提供食宿。

　　c) 到植物園種菜。

　　d) 是最近開始流行的。

　　e) 都提供植物園。

　　f) 到大城市去住幾天。

　　g) 到農村去種花、種菜。

　　h) 不太受歡迎。

20 完成句子

1) 你買了一個這麼合算的行李箱，_____

2) 他們在哈爾濱看到了這麼漂亮的雪景，_____

3) 四川有這麼多著名的旅遊景點，_____

4) 在大熊貓保護區拍了這麼多大熊貓的照片，_____

21 閱讀理解

① 電腦遊戲興趣班　7歲～15歲

用電腦軟件設計卡通人物。
ruǎn jiàn shè jì kǎ tōng

7月1日～7月30日

週一～週五　上午 10:00-12:00

② 美術興趣班　15歲～18歲

通過主題活動，設計T恤衫、海
tōng guò zhǔ tí　　　　　　hǎi

報、書籤和封面。
bào shū qiān fēngmiàn

8月1日～8月30日

星期二、星期四　下午 2:00-4:00

③ 機器人興趣班　　12歲～18歲

通過學習編電腦程序，設計機器人
biān chéng xù

並參加比賽。優勝者可以得到獎金
bìng yōu shèng zhě jiǎng jīn

一千元。

7月6日～8月6日

星期六、星期日　下午 3:00-5:00

判斷正誤：

☐ 1) 如果你今年13歲，你可以參加電腦遊戲興趣班。

☐ 2) 參加電腦遊戲興趣班可以玩兒電腦遊戲。

☐ 3) 如果你是小學生，你不可以參加美術興趣班。

☐ 4) 如果你參加了美術興趣班，你可以自己設計帽子。

☐ 5) 如果你的機器人得了第一名你可以得到一百元。

☐ 6) 星期三沒有興趣班。

☐ 7) 所有的興趣班每次都上兩個小時課。

我很喜歡雪，但是香港從來都不下雪。很巧，今年的"哈爾濱冰雪節"將在香港舉辦（jǔ bàn），我們可以在香港看雪了。

"哈爾濱冰雪節"十二月一日開幕（kāi mù）。暑假期間，我就開始為冰雪節做準備了。我買了很多物美價廉的東西，有羽絨服（yǔ róng fú）、雪地鞋等。媽媽還給我買了一部新手機，讓我拍照。

十二月一日那天，我們先去觀賞了冰雕（bīng diāo）。我們看到了各種各樣的冰雕，有著名景點、人物和動物等。我在那裏拍了很多照片。然後我們去了冰雪互動區（hù dòng qū）。雪花落（luò）到我頭上、手上時，我興奮得大叫起來。最後我們還看了歌舞表演。這一天的冰雪體驗非常難忘！

A 選出四個正確的句子

☐ 1) 她十二月一日要去哈爾濱看雪。

☐ 2) 她暑假就開始為去冰雪節做準備了。

☐ 3) 她用新買的數碼相機拍了很多照片。

☐ 4) 冰雪節上，除了看冰雕以外，還有其他活動。

☐ 5) 雪花落在她身上時她很興奮。

☐ 6) 冰雪節上她看了歌舞表演。

B 回答問題

1) 冰雪節在哪裏舉辦？

2) 冰雪節哪天開始？

3) 看完冰雕，她做了什麼？

C 寫短文

介紹你的寒假經歷。你要寫：

• 你是什麼時候開始放寒假的

• 你寒假裏做了什麼

• 你覺得這個寒假過得怎麼樣

亡羊補牢

從前，有一個人養了很多羊。一天早上，他發現少了一隻羊。於是他仔細地檢查了羊圈，看到羊圈的牆破了，有一個洞。肯定是夜裏狼鑽進來，叼走了一隻羊。鄰居勸他趕快把羊圈修好。但是這個人不肯聽鄰居的勸告。他回答說："羊已經丟了，修羊圈也沒用。"第二天早上，他發現又少了一隻羊。原來，狼又從破洞鑽進來，叼走了一隻羊。他很後悔自己沒有聽鄰居的勸告，趕快把羊圈修好了。從此，狼再也沒鑽進羊圈了。

生詞

1. wáng 亡 lose
2. bǔ 補 mend; repair
3. láo 牢 animal pen
   wáng yáng bǔ láo 亡羊補牢 better late than never
4. fā xiàn 發現 find
5. zǐ xì 仔細 careful
6. jiǎn chá 檢查 check up
7. yáng juàn 羊圈 sheep pen
8. pò 破 broken
9. dòng 洞 hole
10. kěn dìng 肯定 certain
11. láng 狼 wolf
12. zuān 鑽 get into
13. diāo 叼 hold in the mouth
14. lín jū 鄰居 neighbour
15. quàn 勸 advise   quàn gào 勸告 advice
16. xiū 修 repair
17. kěn 肯 willing to
18. diū 丟 lose
19. yuán lái 原來 turn out to be
20. hòu huǐ 後悔 regret
21. cóng cǐ 從此 from then on

A 回答問題

1) 這個人發現羊丟了以後做了什麼？

2) 羊是怎麼丟的？

3) 他的鄰居勸他做什麼？

4) 他為什麼不聽鄰居的勸告？

5) 他一共丟了幾隻羊？

6) 他最後修羊圈了嗎？

B 翻譯

1) He checked the sheep pen carefully.

2) His neighbour advised him to have the sheep pen mended immediately.

3) This person was not willing to listen to his neighbour's advice.

4) He regretted that he didn't listen to his neighbour's advice.

C 寫意思

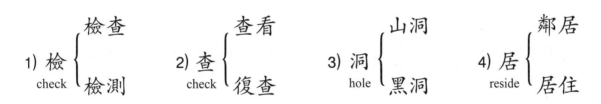

1) 檢 check { 檢查 / 檢測

2) 查 check { 查看 / 復查

3) 洞 hole { 山洞 / 黑洞

4) 居 reside { 鄰居 / 居住

D 寫意思

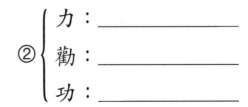

① { 良：_____ / 狼：_____ / 食：_____

② { 力：_____ / 勸：_____ / 功：_____

③ { 卷：_____ / 圈：_____

④ { 皮：_____ / 破：_____

第十二課 我的暑假

課文 1

1 填空

A 填動詞

1) _____ 故宮　2) _____ 人力車　3) _____ 紀念品　4) _____ 國畫

5) _____ 遊輪　6) _____ 飛行員　7) _____ 夏令營　8) _____ 照片

B 填形容詞

1) _____ 的城市　2) _____ 的價錢　3) _____ 的環境

4) _____ 的景點　5) _____ 的國家　6) _____ 的旅行

2 根據實際情況回答問題

1) 你起牀後幹的第一件事是什麼？　2) 你睡覺前一般幹什麼？

3) 你放學回家後先幹什麼？　4) 你週末一般幹什麼？

3 猜一猜，上網查意思

1) 搬家公司：_____　6) 餐具：_____

2) 洗碗機：_____　7) 樓梯：_____

3) 音樂廳：_____　8) 都市：_____

4) 手提箱：_____　9) 廚師：_____

5) 傳家寶：_____　10) 禮品：_____

4 閱讀理解

平安旅行社

中國旅行團目錄
lǚ xíng tuán mù lù

P1 北京五天遊玩直航團
zhí háng tuán

P2 北京、杭州、蘇州、南京八天直航團
háng zhōu sū zhōu nán jīng

P3 西安、華山五天團
huà shān

P4 杭州、千島湖、黃山八天團
qiān dǎo hú huáng shān

P5 上海美食購物五天直通車團
zhí tōng chē tuán

P6 北京八天直航團

P7 西安、洛陽、少林寺八天直航團
luò yáng shào lín sì

P8 南京、無錫、上海、蘇州、杭州七天直航團
wú xī

P9 北京、上海六天美食團

P10 上海、水鄉烏鎮五天遊
shuǐ xiāng wū zhèn

填空：

1) 想坐飛機去北京玩的人可以看第 ＿＿＿＿ 頁。

2) 想去西安的人可以看第 ＿＿＿＿ 頁。

3) 第 ＿＿＿＿ 頁上的團去杭州。

4) 想去上海品嚐美食的人可以看第 ＿＿＿＿ 頁。

5) 想去上海買東西的人可以看第 ＿＿＿＿ 頁。

6) 只有五天假期的人可以看第 ＿＿＿＿ 頁。

7) 第 ＿＿＿＿ 頁上的團是八天團。

5 造句

1) 北京　首都　名勝古跡：

2) 遊覽　人力車　胡同：

3) 古老　建築　感興趣：

4) 逛街　紀念品　文房四寶：

5) 美食　烤鴨　好吃：

6) 對　印象　友好：

7) 既……又……　古老　現代：

8) 總的來説　喜歡　以後：

金遊旅行社

香港九龍廣東道銀星大廈 2 座 901 室

電話：(852)25731066　　傳真：(852)25731067　　電子郵箱：travel@hotmail.com

乘客姓名：田遠明

票號：KGJA209

航班	出發地	目的地	起飛時間	到達時間
東方航空公司 MU305	香港國際機場 2 號航站樓	北京首都國際 機場 3 號航站樓	6 月 8 日 08:30	6 月 8 日 12:10
國泰航空公司 CX206	北京首都國際 機場 1 號航站樓	上海浦東國際 機場 2 號航站樓	6 月 10 日 16:20	6 月 10 日 18:20

回答問題：

1) 田遠明是在哪家旅行社訂機票的？　2) 他要去哪兩個城市？

3) 從香港到北京要坐多長時間飛機？　4) 他大概幾點到上海？

1) ＿＿＿ 名勝古跡　　2) ＿＿＿ 胡同　　3) ＿＿＿ 長城　　4) ＿＿＿ 雪景

5) ＿＿＿ 紀念品　　6) ＿＿＿ 賓館　　7) ＿＿＿ 暑假　　8) ＿＿＿ 馬路

9) ＿＿＿ 夏令營　　10) ＿＿＿ 照片　　11) ＿＿＿ 煙花　　12) ＿＿＿ 餃子

8 閱讀理解

澳門
ào mén

澳門，跟香港一樣，是中國的特
別行政區。澳門 1553 年成為了葡萄牙
的殖民地，1999 年 12 月 20 日回歸中國。

澳門是一個港口城市。澳門的輕
工業、旅遊業、酒店業和娛樂業非常
著名，是世界四大賭城之一。

澳門有大概 550,000 人。其中華人
最多，佔總人口的 94.3%。除了華人以
外，還有葡萄牙人和其他國家的人。
像香港一樣，澳門人也說粵語和英語。
會說葡萄牙語的澳門人越來越少了。

去澳門旅遊不能不去大三巴牌
坊、大炮台、媽閣廟等景點。坐人力車
是澳門很有特色的旅遊方式。葡式蛋
撻、水蟹粥是去澳門必嘗的美食。

A 寫意思

1) 殖民地：_____

2) 回歸：_____

3) 賭城：_____

B 配對

☐ 1) 澳門以前是

☐ 2) 澳門的旅遊景點

☐ 3) 坐人力車觀光

☐ 4) 到澳門的遊客

　　a) 中國的特別行政區。

　　b) 要會說葡萄牙語。

　　c) 葡萄牙的殖民地。

　　d) 有大三巴、媽閣廟等。

　　e) 在澳門很常見。

　　f) 一般都會吃葡式蛋撻。

　　g) 港口城市。

9 翻譯

1) 我對上海的印象特別好。

2) Her impression of that city is quite good.

3) 他從小就對古建築很感興趣。

4) I have been very interested in music since I was young.

上海

上海是中國第一大城市，也是中國最大的工業(gōng yè)、金融業(jīn róng yè)和商業(shāng yè)中心。上海在中國的東部。上海分成兩部分：浦西(pǔ xī)和浦東。浦西是上海的老區，浦東是新開發區(kāi fā qū)。最近幾十年，浦東發展(fā zhǎn)得很快。那裏已建了很多高級住宅區、辦公(bàn gōng)大樓和現代化的機場(chǎng)。

上海融合(róng hé)了中、西方文化。拿建築來說，上海不僅有東方特色的建築，也有不少西方風格(fēng gé)的大樓。到了上海外灘(wài tān)，很多人會覺得像到了英國倫敦(lún dūn)一樣。在上海可以看到很多德式、法式、日式風格的建築，再加上最近建的現代風格的建築，上海像"萬國博(bó)物館(wù guǎn)"一樣。

A 判斷正誤

□ 1) 上海是中國第一大城市。

□ 2) 上海是中國的金融中心。

□ 3) 上海在中國的東北部。

□ 4) 上海既有東方風格的建築，又有西方風格的建築。

□ 5) 上海外灘沒有西式建築。

□ 6) 上海有一個"萬國博物館"。

B 回答問題

1) 浦東有哪些新建築？

2) 為什麼上海像"萬國博物館"一樣？

11 寫反義詞

1) 借 → _____ 　 2) 內 → _____ 　 3) 飽 → _____ 　 4) 胖 → _____

5) 高 → _____ 　 6) 快 → _____ 　 7) 硬 → _____ 　 8) 貴 → _____

9) 熱 → _____ 　 10) 難 → _____ 　 11) 古老 → _____ 　 12) 乾淨 → _____

今年十一月，我跟學校的二十個同學和兩位老師一起去了北京。這是我第二次去北京。我們在北京待了六天五晚，住在清華大學（qīng huá）裏。

我們每天上午都在清華大學學漢語，下午參加各種文化活動：學書法、畫國畫、做風箏（fēng zheng）和畫京劇臉譜（jīng jù liǎn pǔ）。我們還在學校的餐廳裏包了餃子。我們有的人和麵（huó miàn），有的人切菜，有的人擀（gǎn）餃子皮，大家都很興奮。包餃子的時候我們一定要說漢語。我覺得這堂"漢語課"特別有意思。

週末，我們遊覽了北京的著名景點：天安門廣場、故宮、頤和園和長城。我最喜歡長城。我覺得長城四周的風景美極了。

這次北京之行給我留下了很好的印象。我很喜歡北京。

A 選出四個正確的句子

□ 1) 他以前去過北京。

□ 2) 他們在清華大學住了五晚。

□ 3) 他們除了上漢語課以外，還有各種文化活動。

□ 4) 他們去外面的飯店包了餃子。

□ 5) 他們有時候在餐廳上漢語課。

□ 6) 在遊覽的景點中，他最喜歡長城。

B 回答問題

1) 他們有哪些文化活動？

2) 包餃子以前要做什麼準備？

3) 他為什麼喜歡長城？

C 寫短文

寫一寫你參加過的遊學團／暑期班／夏令營。你要寫：

• 你是什麼時候參加這次活動的

• 你是跟誰一起參加這次活動的

• 這次活動中，什麼事給你留下的印象最深

• 你覺得這次活動怎麼樣

13 看圖寫短文

① 這是一間臥室。臥室裏有

_____

_____

_____

_____

② 這是一間客廳。客廳裏有

_____

_____

_____

_____

14 找相關詞語填空

1) 電器：<u>冰箱</u> _____ _____ _____ _____

_____ _____ _____

2) 房間：_____ _____ _____ _____

3) 家具：_____ _____ _____ _____

4) 文具：_____ _____ _____ _____

15 畫圖並寫短文

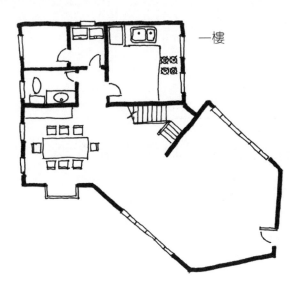
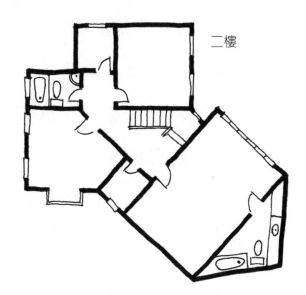

一樓

二樓

這幢洋房有兩層。一樓有

_____

_____

_____

_____

16 用所給結構完成句子

結構：客廳的牆上掛着一幅油畫。

1) 妹妹的旁邊 <u>坐着一個小男孩。</u>_____ （坐）

2) 停車場裏 _____ （停）

3) 姐姐手裏 _____ （拿）

4) 妹妹頭上 _____ （戴）

5) 客廳裏 _____ （擺）

6) 書架上 _____ （放）

7) 門上 _____ （貼）

張先生想租一個兩室兩廳的套房。

王經理：您想租房還是買房？

張先生：我想租房。我想租 _____

王經理：我們現在正巧有一套這樣的套房。你想去看看嗎？

張先生：太好了！請給我介紹一下這套房子。

王經理：_____

張先生：套房裏有什麼家具？

王經理：_____

張先生：套房裏有什麼電器？

王經理：_____

張先生：周圍有什麼交通工具？

王經理：_____

張先生：周圍有什麼公共設施？

王經理：_____

張先生：房租是多少？

王經理：_____

1) _____ 的水果：_____   4) _____ 的景點：_____

2) _____ 的環境：_____   5) _____ 的價格：_____

3) _____ 的城市：_____   6) _____ 的四川菜：_____

19 閱讀理解

① 寫字樓出租：380 平方米新裝
修，有多個車位。

電話：36101630（黃先生）

② 套房出租：月租 8000 元，日
租 300 塊。包家具和廚房用
品。地鐵站附近。

電話：94110083 （鍾太太）

③ 業主出國，新房急售：150 平
方米，三室兩廳兩衛，新裝
修，提供全套電器，有一個
室內車位。

電話：52810040（田先生）

④ 套房出售：三室兩廳兩衛，新
裝修。小區裏有兒童活動室。

電話：21480928（李先生）

⑤ 商、住兩用樓出租：100 平方米，
15000 元；120 平方米，18000 元。
市中心附近。

電話：92853469（馬小姐）

⑥ 特價套房出租：兩室一廳，56
平方米，月租 4500 元，提供
全套家具和電器。公園附近，
環境優美，交通方便。

電話：92648000（夏小姐）

填空：

1) 想租帶車位的寫字樓可以看廣
告 _____。

2) 想租地鐵站附近的套房可以看
廣告 _____。

3) 想租帶家具的套房可以看廣告
_____。

4) 想買二手房可以看廣告
_____。

5) 想在市中心租房可以看廣告
_____。

6) 家裏有孩子的買房客可以看
廣告 _____。

20 組詞並寫出意思

1) 漂____：_____
2) 新____：_____
3) 合____：_____

4) 免____：_____
5) 古____：_____
6) 實____：_____

7) 暖____：_____
8) 地____：_____
9) 優____：_____

出租假期房

- 三房一廳，85 平方米
- ¥200／天；¥1000／週
- 家具：牀、衣櫃、沙發、餐桌、椅子
- 電器：電視、冰箱、洗衣機、微波爐
- 海景房
- 交通方便、周圍公共設施齊全

電話：92805411（王先生）

小任務

你們家要出去旅行兩個星期。你父母打算把你們住的房子租出去。你要寫一個出租假期房的廣告。

杭州

杭州在中國東南部，是浙江(zhè jiāng)省的省會。杭州市的面積是 16596 平方公里。杭州市區有八百多萬人。杭州人有自己的方言(fāng yán)。

杭州四季分明(fēn míng)：夏季炎熱(yán rè)，冬季寒冷，春秋兩季氣候宜人(yí rén)。春天和秋天是旅遊的好季節。

杭州公共交通非常方便，有公共汽車、小巴、出租車、地鐵等，光(guāng)地鐵就有近十條線。

杭州是一個旅遊城市，有很多名勝古跡。其中最著名的旅遊景點是西湖(xī hú)。每個去杭州旅遊的人都會去西湖看看。遊客可以坐遊船欣賞西湖美景，也可以租自行車環遊西湖。

判斷正誤：

☐ 1) 杭州在中國的南部。

☐ 2) 杭州人說杭州話。

☐ 3) 春季、秋季到杭州旅遊最好。

☐ 4) 杭州有不少地鐵線路。

☐ 5) 去杭州旅遊的人不會不去西湖。

☐ 6) 只有一種遊覽西湖的方式。

23 閱讀理解

這個聖誕節(shèng dàn jié)假期，我們家跟姨媽家一起去海南三亞(hǎi nán sān yà)玩了十天。我們在度假村(dù jià cūn)租了一幢洋房酒店。

我們租的洋房酒店一共有兩層：二樓有四間卧室、兩個浴室和一個大陽台；一樓有廚房、餐廳、客廳和洗手間。廚房裏有炒菜鍋(guō)、煎鍋(jiān)、大小碗碟(dié)和刀叉，還有微波爐、烤箱、煤氣爐、冰箱和洗衣機。餐廳裏的餐桌可以坐八個人，剛好可以坐下我們兩家。客廳裏有空調、電扇和電視。一樓和二樓都可以上網。媽媽和姨媽最高興了，因為服務員每天都來打掃房間。我們的洋房附近就有一家超市，買菜十分方便。

我喜歡住在那裏，因為出門就是海灘(hǎi tān)。我們每天都去游泳，去海灘上玩。

A 選出四個正確的句子

☐ 1) 今年聖誕節，他是在海南過的。

☐ 2) 他們一家和姨媽一家住在同一幢洋房酒店裏。

☐ 3) 酒店的一樓和二樓都有卧室。

☐ 4) 他們兩家一共有八口人。

☐ 5) 他們可以在酒店裏上網。

☐ 6) 他們每天都自己做飯，自己打掃房間。

B 回答問題

1) 客廳裏有什麼電器？

2) 他媽媽為什麼很高興？

3) 他為什麼喜歡這家酒店？

C 寫短文

寫一寫你最喜歡的一家酒店。你要寫：

• 酒店的名字，酒店在哪兒，酒店裏有哪些設施

• 房間裏有什麼家具、電器

• 酒店附近有什麼公共設施

• 你為什麼喜歡這家酒店

塞翁失馬

　　戰國時，邊疆附近住着一位老人，叫塞翁。他養了很多馬。有一天，他的一匹馬走失了。村民們來安慰他。他卻說：“你們怎麼知道這不是好事呢？”過了幾天，那匹馬回來了，還帶回了另一匹馬。村民們來祝賀他。他卻說：“你們怎麼知道這不是壞事呢？”後來，他的獨生子騎那匹馬時摔斷了腿。塞翁又說這不一定是壞事。果然，有一年邊疆打仗，村裏的年輕人都去當兵了。很多人都死了。只有塞翁的兒子因為腿斷了，沒去當兵，保住了性命。

生詞
❶ 塞 sài a place of strategic importance
❷ 翁 wēng old man
❸ 失 shī lose　走失 zǒu shī get lost
塞翁失馬 sài wēng shī mǎ misfortune may be an actual blessing
❹ 戰國 zhàn guó the Warring States period (475 B.C.-221 B.C.)
❺ 邊疆 biān jiāng border
❻ 匹 pǐ a measure word (used for horses, mules, etc.)
❼ 村民 cūn mín villagers
❽ 安慰 ān wèi console
❾ 卻 què yet; however
❿ 好事 hǎo shì happy event
⓫ 祝賀 zhù hè congratulate
⓬ 壞事 huài shì bad thing
⓭ 摔 shuāi fall
⓮ 打仗 dǎ zhàng go into battle
⓯ 年輕人 nián qīng rén young people
⓰ 當兵 dāng bīng serve in the army
⓱ 保 bǎo keep
⓲ 性命 xìng mìng life

A 判斷正誤

☐ 1) 塞翁的馬走失了，但是他覺得不一定是壞事。

☐ 2) 幾天以後，走失的馬自己回來了。

☐ 3) 塞翁的兒子騎馬時摔斷了腿。

☐ 4) 如果塞翁的兒子沒有摔斷腿，他也會去當兵。

B 翻譯

1) One day, one of his horses got lost.

2) The villagers all came to console him.

3) A few days later, the horse returned and brought back another horse.

4) How do you know this is not a bad thing?

C 寫意思

1) 失 { 走失 / 失去 }
lose

2) 慰 { 安慰 / 慰問 }
console

3) 賀 { 祝賀 / 賀禮 }
congratulate

D 寫意思

① { 丈：＿＿＿＿＿ / 仗：＿＿＿＿＿ }

② { 塞：＿＿＿＿＿ / 賽：＿＿＿＿＿ }

③ { 壞：＿＿＿＿＿ / 環：＿＿＿＿＿ }

④ { 經：＿＿＿＿＿ / 輕：＿＿＿＿＿ }

E 創意寫作

為《塞翁失馬》寫一個結尾。

第四單元　複習

第十課

課文 1　旅行社　車站　電梯　過街天橋　一直　沿　路口　十字路口　拐
轉　往　向　更　線　馬路　紅綠燈　左手　右手　警察　迷路
火車站　方向　路過　大概　山腳

課文 2　住宅小區　太陽　周圍　生活　才　購物廣場　名牌　首飾
體育用品　郵局　菜市場　便利店　中藥　會所　室外　健身房
活動室　兒童　交通　環境　優美　不僅……，而且……

第十一課

課文 1　暑期班　夏令營　乘坐　遊輪　東南亞　工具　硬臥　軟臥　無聊
打牌　舒適　實惠　機會　四川　風景　景點　著名　動物園
大熊貓　保護　另外　一直　地道

課文 2　東北　哈爾濱　賓館　長途　巴士　訂　觀賞　冰燈　期間　明信片
相信　難忘　像　數碼相機　拍　照片　興奮　逛街　太陽鏡
行李箱　正巧　合算　合理　運氣　物美價廉　這麼　期待

第十二課

課文 1　幹　首都　名勝古跡　天安門廣場　故宮　頤和園　長城　城市
登　巨　人力車　胡同　建築　紀念品　文房四寶　印象　總　古老
現代　既……又……

課文 2　杭州　公寓　套房　衛生間　陽台　幅　牆　茶几　電器　電扇
吸塵器　冰箱　煤氣爐　微波爐　烤箱　電水壺　洗衣機　吹風機
空調　暖氣　免費　無線網　新鮮　房租

句型：

1) 你沿着那條路一直往前走，在第二個路口向右拐。

2) 我有的時候參加暑期班，有的時候參加夏令營，還有的時候跟家人去國外旅行。

3) 坐火車比坐飛機更舒適。

4) 那裏的雪景像明信片一樣，漂亮極了！

5) 我和媽媽都越聽越興奮。

6) 今天的運氣真好，買到了這麼多物美價廉的東西！

7) 總的來説，我對北京的印象挺好的。

8) 公寓的對面就是一個菜市場。

9) 客廳的牆上掛着一幅油畫。

問答：

1) 請問，怎麼去平安旅行社？　你可以坐公共汽車，也可以坐地鐵。

2) 請問，去火車站怎麼走？　你坐錯方向了。你應該在那個十字路口向左轉，然後一直往前走。

3) 小區附近有什麼公共設施？　小區附近有公共圖書館、公共汽車站、地鐵站等。

4) 購物廣場裏有什麼商店？　購物廣場裏有名牌服裝店、鞋帽店、首飾店、體育用品店、飯店等等。

5) 你們旅行的時候一般選擇哪種交通工具？　我們一般坐飛機，但是我們去年是坐火車去北京的。

6) 你以後還想坐火車旅行嗎？　對。如果有機會，我想坐火車去四川。

7) 你們今年冬天要去哪裏度假？　今年寒假我們要去東北度假。

8) 在哈爾濱可以做什麼？　爸爸説在哈爾濱期間我們不但可以滑雪，還可以觀賞冰燈和雪景。

9) 你們在北京遊覽了哪些景點？　我們遊覽了天安門廣場、故宮、頤和園，還坐人力車逛了北京胡同。

10) 你們吃了什麼好吃的東西？　我們吃了烤鴨，好吃得不得了！

11) 你們住的是什麼樣的酒店？　在杭州，我們住的是一家公寓式酒店。

12) 你為什麼喜歡公寓式酒店？　住在這裏很舒適，房租也比較合理。

第四單元　測　驗

1 找同類詞語填空

1) 便利店 ＿＿＿＿＿＿ ＿＿＿＿＿＿

2) 頤和園 ＿＿＿＿＿＿ ＿＿＿＿＿＿

3) 洗衣機 ＿＿＿＿＿＿ ＿＿＿＿＿＿

4) 遊輪 ＿＿＿＿＿＿ ＿＿＿＿＿＿

2 用所給詞語填空

> 古老　優美　舒適　合算　著名　無聊

1) 我們的小區環境 ＿＿＿＿ 。

2) 火車上的軟臥很 ＿＿＿＿ 。

3) 坐遊輪旅遊一點兒都不 ＿＿＿＿ 。

4) 北京有很多 ＿＿＿＿ 的景點。

5) 大減價的時候買東西很 ＿＿＿＿ 。

6) 西安是一個既 ＿＿＿＿ 又現代的城市。

3 組詞並寫出意思

> 價廉　廣場　巴士　用品　路口　相機　古跡　小區

1) 十字 ＿＿＿＿ : ＿＿＿＿＿＿＿＿＿

2) 購物 ＿＿＿＿ : ＿＿＿＿＿＿＿＿＿

3) 數碼 ＿＿＿＿ : ＿＿＿＿＿＿＿＿＿

4) 名勝 ＿＿＿＿ : ＿＿＿＿＿＿＿＿＿

5) 物美 ＿＿＿＿ : ＿＿＿＿＿＿＿＿＿

6) 旅遊 ＿＿＿＿ : ＿＿＿＿＿＿＿＿＿

7) 住宅 ＿＿＿＿ : ＿＿＿＿＿＿＿＿＿

8) 體育 ＿＿＿＿ : ＿＿＿＿＿＿＿＿＿

4 寫出拼音及意思

① { 米 : ＿＿＿＿＿＿ 　迷 : ＿＿＿＿＿＿ }

② { 象 : ＿＿＿＿＿＿ 　像 : ＿＿＿＿＿＿ }

③ { 相 : ＿＿＿＿＿＿ 　箱 : ＿＿＿＿＿＿ }

④ { 成 : ＿＿＿＿＿＿ 　城 : ＿＿＿＿＿＿ }

⑤ { 己 : ＿＿＿＿＿＿ 　紀 : ＿＿＿＿＿＿ }

⑥ { 建 : ＿＿＿＿＿＿ 　健 : ＿＿＿＿＿＿ }

1) 在香港購物不僅方便而且便宜。

2) Traveling by train is not only cheap but also comfortable.

3) 那裏的雪景像明信片一樣。

4) The Great Wall of China is just like a gigantic dragon.

5) 這個住宅小區才建好兩年。

6) This guesthouse was only built 3 years ago.

7) 坐人力車逛胡同既方便又便宜。

8) It's both comfortable and economical traveling by cruise.

6 組詞並寫出意思

1) 乘坐 ＿＿＿＿＿ : ＿＿＿＿＿＿＿＿＿＿

2) 保護 ＿＿＿＿＿ : ＿＿＿＿＿＿＿＿＿＿

3) 觀賞 ＿＿＿＿＿ : ＿＿＿＿＿＿＿＿＿＿

4) 參加 ＿＿＿＿＿ : ＿＿＿＿＿＿＿＿＿＿

5) 遊覽 ＿＿＿＿＿ : ＿＿＿＿＿＿＿＿＿＿

6) 打掃 ＿＿＿＿＿ : ＿＿＿＿＿＿＿＿＿＿

7 用所給詞語填空

| 着 | 了 | 過 |

1) 他房間的牆上貼 ＿＿＿ 很多照片。

2) 我們在天安門廣場拍 ＿＿＿ 好幾張照片。

3) 我乘坐遊輪遊覽 ＿＿＿＿ 東南亞的幾個國家。

4) 我迷路 ＿＿＿。請問郵局在哪兒？

5) 你一直沿 ＿＿＿ 這條路向前走。

6) 他小時候沒養 ＿＿＿ 寵物。

7) 寒假去東北的機票已經訂好 ＿＿＿＿。

8) 我穿 ＿＿＿＿ 新衣服去參加表姐的婚禮。

8 配對

□ 1) 今天滑雪鏡正巧減價。

□ 2) 這家公寓式酒店的設施很齊全。

□ 3) 小區裏還有一個會所。

□ 4) 我們會去遊覽北京著名的景點。

a) 套間裏有哪些電器？

b) 多少錢一副？打幾折？

c) 我們會去逛胡同嗎？

d) 裏面有兒童活動室嗎？

9 造句

1) 更　坐火車：

2) 比　新鮮：

3) 有的時候⋯⋯，有的時候⋯⋯，
還有的時候⋯⋯：

4) 越⋯⋯越⋯⋯：

5) 這麼　價廉物美：

6) 就是　對面：

10 根據實際情況回答問題

1) 你迷過路嗎？你後來是怎麼找到路的？

2) 你家的小區是新建的嗎？小區的環境怎麼樣？

3) 你家的小區附近有哪些公共設施？

4) 你坐火車旅行過嗎？你坐火車去過哪些地方？

5) 你去過北京嗎？你對北京的印象怎麼樣？

6) 你遊覽過北京的哪些景點？你最喜歡哪裏？

7) 你住過公寓式酒店嗎？套房裏有哪些電器？

8) 你家有無線網嗎？你們學校呢？

去年聖誕節假期，我和家人去了中國東北的長白山(cháng bái shān)。我們在那裏滑雪、泡溫泉(pào wēn quán)、欣賞雪景，度過了一個難忘的冰雪假期。

我們是坐飛機從廣州去長白山的。我們住的酒店非常好。酒店附近有一個購物廣場，購物、吃飯都很方便。去滑雪的時候我找教練(jiào liàn)先學了一些滑雪的基本動作(jī běn dòng zuò)，然後自己試着滑。我先在初學者(chū xué zhě)的滑道(huá dào)上滑了一會兒，然後就到難度(nán dù)比較大的滑道上滑了。另外，我們還坐了馬拉雪橇(mǎ lā xuě qiāo)，打了雪地高爾夫球，都很好玩兒。在所有的活動中，我最喜歡露天(lù tiān)溫泉了，一點兒都不冷，還可以一邊泡溫泉一邊看風景。回廣州以前，媽媽還買了當地的特產——人參(rén shēn)。

A 選出四個正確的句子

☐ 1) 他是從廣州去東北的。

☐ 2) 酒店附近有商店也有飯店。

☐ 3) 他滑雪以前，沒有人教他。

☐ 4) 除了滑雪，他還打了雪地高爾夫球。

☐ 5) 他泡了室內溫泉。

☐ 6) 離開長白山以前，他媽媽買了人參。

B 回答問題

1) 他們的酒店附近有什麼？

2) 除了滑雪，他還做了什麼？

3) 他為什麼喜歡泡露天溫泉？

12 寫短文

記一次旅行，你要寫：

• 你是什麼時候、跟誰去旅行的，是怎麼去的

• 你們住的什麼酒店，酒店裏有什麼設施

• 你們遊覽了哪些景點

• 你對這個地方的印象怎麼樣

詞彙表

生詞	拼音	意思	課號
A			
愛心	ài xīn	loving heart	6
安	ān	safe	4
安全	ān quán	safe	4
B			
巴士	bā shì	bus	11
把	bǎ	a measure word (used for a tool with a handle)	2
把	bǎ	a particle	5
百合花	bǎi hé huā	lily	9
擺	bǎi	put; place; lay	5
拜	bài	extend greetings	9
拜年	bài nián	send New Year greetings	9
半價	bàn jià	half-price	2
幫	bāng	help	5
幫忙	bāng máng	help	5
幫助	bāng zhù	help	5
包	bāo	include	4
包	bāo	wrap	9
包括	bāo kuò	include	4
飽	bǎo	full	8
寶	bǎo	treasure	12
保	bǎo	protect	11
保護	bǎo hù	protect	11
爆	bào	explode	9
爆竹	bào zhú	firecrackers	9
杯	bēi	cup	5
北	běi	north	4
北美洲	běi měi zhōu	North America	4
備	bèi	prepare	9
被	bèi	a particle	6
本	běn	a measure word (used for books and magazines)	2
比較	bǐ jiào	relatively	6
筆	bǐ	pen	2
幣	bì	money; currency	3
便	biàn	poop; pee	6
便利	biàn lì	convenient	10

生詞	拼音	意思	課號
便利店	biàn lì diàn	convenience store	10
表	biǎo	cousins having different family names	4
表姐	biǎo jiě	daughters of mother's siblings and father's sisters	4
表妹	biǎo mèi	daughters of mother's siblings and father's sisters	4
別	bié	other; difference	2
別	bié	don't	3
別人	bié rén	other people	5
賓	bīn	guest	11
賓館	bīn guǎn	guesthouse	11
冰燈	bīng dēng	ice lamp	11
冰淇淋	bīng qí lín	ice cream	7
冰箱	bīng xiāng	fridge	12
餅乾	bǐng gān	biscuit; cracker	7
波	bō	wave	12
伯	bó	father's elder brother	4
伯母	bó mǔ	wife of father's elder brother	4
不但	bú dàn	not only	6
不但……，還……	bú dàn…, hái…	not only... but also...	6
不用	bú yòng	no need	4
不得不	bù dé bù	have to	6
不得了	bù dé liǎo	extremely	8
不僅	bù jǐn	not only	10
不僅……，而且……	bù jǐn…, ér qiě…	not only... but also...	10
部	bù	unit; department	1
C			
擦	cā	wipe	5
才	cái	used to show that something has just happened	10
菜	cài	vegetables	5
菜單	cài dān	menu	8
菜花	cài huā	cauliflower	5
菜市場	cài shì chǎng	food market	10
艙	cāng	cabin	4
草地	cǎo dì	lawn	8
草莓	cǎo méi	strawberry	7

192

生詞	拼音	意思	課號
測	cè	survey	1
測驗	cè yàn	test	1
叉	chā	fork	8
叉燒	chā shāo	roasting of marinated lean pork on a skewer	8
叉燒肉	chā shāo ròu	skewer-roasted pork	8
茶	chá	tea	7
茶點	chá diǎn	tea and pastries	7
茶几	chá jī	tea table	12
察	chá	examine	10
長城	cháng chéng	the Great Wall	12
長途	cháng tú	long-distance	11
腸	cháng	sausage	7
嘗	cháng	try (food); taste	7
車站	chē zhàn	station	10
塵	chén	dust	12
成	chéng	achievement	1
成績	chéng jì	achievement; result	1
誠	chéng	sincere; honest	6
城	chéng	city wall; city	12
城市	chéng shì	city	12
乘	chéng	take; ride	11
乘坐	chéng zuò	take (a plane or boat); ride (in a train or vehicle)	11
程	chéng	procedure	1
橙汁	chéng zhī	orange juice	7
尺	chǐ	ruler	2
尺	chǐ	chi, a unit of length (1/3 metre)	3
尺寸	chǐ cùn	size	3
尺子	chǐ zi	ruler	2
翅	chì	wing	7
初中	chū zhōng	junior secondary school; middle school	1
除	chú	get rid of	9
除夕	chú xī	New Year's Eve	9
處	chù	point	6
傳	chuán	pass; hand down	8
傳統	chuán tǒng	tradition; traditional	8
吹	chuī	blow	12
吹風機	chuī fēng jī	hair drier	12
春節	chūn jié	the Spring Festival; Chinese New Year's Day	9
春卷	chūn juǎn	spring roll	9

生詞	拼音	意思	課號
春聯	chūn lián	Spring Festival couplets	9
次	cì	time; a measure word (used for actions)	1
醋	cù	vinegar	8
寸	cùn	cun, a unit of length (1/30 metre)	3

D

生詞	拼音	意思	課號
打牌	dǎ pái	play cards	11
打掃	dǎ sǎo	sweep; clean	9
打折	dǎ zhé	give a discount	2
打針	dǎ zhēn	give or have an injection	6
大便	dà biàn	poop	6
大伯	dà bó	father's eldest brother	4
大概	dà gài	approximately; probably	10
大年	dà nián	lunar New Year's Day	9
大年三十	dà nián sān shí	lunar New Year's Eve	9
大掃除	dà sǎo chú	thorough cleaning	9
大熊貓	dà xióng māo	panda	11
大洋洲	dà yáng zhōu	Oceania	4
代	dài	era	12
待	dài	wait for	11
單	dān	simple	5
單	dān	bill	8
蛋糕	dàn gāo	cake	3
當	dāng	work as	4
當然	dāng rán	of course	3
刀	dāo	knife	2
得	dé	get	1
得到	dé dào	get	9
地	de	a particle	3
燈	dēng	lamp; light	9
燈籠	dēng long	lantern	9
登	dēng	climb	12
等	děng	class; grade	4
底	dǐ	end of a year or month	5
地道	dì dao	genuine	11
典	diǎn	standard	1
點	diǎn	light	3
點	diǎn	refreshments; snacks	7
點	diǎn	order	8
電器	diàn qì	electric appliances	12

生詞	拼音	意思	課號
電扇	diàn shàn	electric fan	12
電水壺	diàn shuǐ hú	electric kettle	12
電梯	diàn tī	lift; elevator	10
訂	dìng	book	11
定	dìng	determined	3
東北	dōng běi	the Northeast	11
東南	dōng nán	southeast	11
東南亞	dōng nán yà	Southeast Asia	11
動物園	dòng wù yuán	zoo	11
豆	dòu	bean	7
豆腐	dòu fu	bean curd	8
都	dū	capital	12
獨立	dú lì	independent	5
端	duān	carry with both hands	3
端午節	duān wǔ jié	the Dragon Boat Festival (5th day of the 5th lunar month)	8

	E		
餓	è	hungry	8
兒	ér	child	1
兒童	ér tóng	children	10
兒子	ér zi	son	4
而且	ér qiě	but (also)	10
耳環	ěr huán	earrings	3

	F		
方	fāng	side	6
方面	fāng miàn	aspect	6
方向	fāng xiàng	direction	10
防	fáng	guard against	6
房租	fáng zū	rent	12
放	fàng	put in; place	7
放	fàng	set off; let off	9
放爆竹	fàng bào zhú	let off firecrackers	9
飛行員	fēi xíng yuán	pilot	4
非	fēi	(short for) Africa	4
非洲	fēi zhōu	Africa	4
費	fèi	fee; expenses	6
費用	fèi yong	expense	6
分	fēn	mark	1
奮	fèn	act vigorously	11

生詞	拼音	意思	課號
豐	fēng	rich; abundant	1
豐富	fēng fù	rich; abundant	1
豐富多彩	fēng fù duō cǎi	rich and varied	1
風景	fēng jǐng	scenery	11
風味	fēng wèi	distinctive flavour	8
夫	fū	husband	4
幅	fú	a measure word (used for cloth, pictures, scrolls, etc.)	12
腐	fǔ	bean curd	8
父	fù	father	5
父母	fù mǔ	parents	5
付	fù	pay	3
複	fù	again	1
複習	fù xí	review; revise	1
富	fù	rich	1

	G		
概	gài	general	10
乾	gān	dry	5
乾	gān	dried food	7
乾淨	gān jìng	clean	5
趕	gǎn	catch	1
感動	gǎn dòng	touched emotionally	3
感覺	gǎn jué	feel; think	8
幹	gàn	do	12
剛	gāng	barely	1
港	gǎng	(short for) Hong Kong	3
港幣	gǎng bì	Hong Kong dollar	3
高升	gāo shēng	rise in position	9
高中	gāo zhōng	senior secondary school; high school	1
糕	gāo	cake; pastry	3
糕餅	gāo bǐng	cake; pastry	7
格	gé	standard	1
給	gěi	give	2
更	gèng	more	10
工程	gōng chéng	engineering	4
工程師	gōng chéng shī	engineer	4
工具	gōng jù	tool	11
公寓	gōng yù	apartment	12
功	gōng	achievement	2

生詞	拼音	意思	課號
功能	gōng néng	function	2
供	gōng	provide	1
宮	gōng	palace	12
狗糧	gǒu liáng	dog food	6
購	gòu	buy	10
購物	gòu wù	shopping	10
購物廣場	gòu wù guǎng chǎng	shopping plaza; mall	10
夠	gòu	enough	3
姑	gū	father's sister	4
姑夫	gū fu	husband of father's sister	4
古	gǔ	ancient	1
古典	gǔ diǎn	classical	1
古典音樂	gǔ diǎn yīn yuè	classical music	1
古跡	gǔ jì	historical site	12
古老	gǔ lǎo	ancient	12
骨	gǔ	bone	8
故	gù	former	12
故宮	gù gōng	the Forbidden City	12
顧	gù	call on	2
顧	gù	take care of	5
顧客	gù kè	customer	2
瓜	guā	melon	7
掛	guà	hang	9
拐	guǎi	turn	10
關	guān	concern	6
關心	guān xīn	care for	6
關於	guān yú	about	9
觀賞	guān shǎng	enjoy the sight of	11
管	guǎn	manage	6
管理	guǎn lǐ	manage	6
慣	guàn	be accustomed to	4
廣	guǎng	(of area, scope) wide; vast	10
廣場	guǎng chǎng	plaza	10
逛	guàng	stroll	3
逛街	guàng jiē	shopping; window shopping	11
國家	guó jiā	country	4
國外	guó wài	abroad	4
果盤	guǒ pán	fruit plate	8
過	guò	cross	10
過街天橋	guò jiē tiān qiáo	pedestrians' overpass	10

生詞	拼音	意思	課號
過年	guò nián	celebrate or spend the lunar New Year	9
H			
哈爾濱	hā ěr bīn	Harbin, capital city of Heilongjiang Province	11
還	hái	fairly	5
還是	hái shi	still	2
孩	hái	child	4
孩子	hái zi	child	4
漢堡	hàn bǎo	Hamburg	7
漢堡包	hàn bǎo bāo	hamburger	7
杭州	háng zhōu	Hangzhou, capital city of Zhejiang Province	12
好處	hǎo chù	advantage	6
好久	hǎo jiǔ	for a long time	5
合	hé	suit	3
合理	hé lǐ	reasonable	11
合適	hé shì	suitable	3
合算	hé suàn	be worthwhile	11
紅包	hóng bāo	money given to children as a New Year gift	9
紅綠燈	hóng lù dēng	traffic lights	10
紅燒	hóng shāo	stew in soy sauce	8
紅燒肉	hóng shāo ròu	pork stewed in soy sauce	8
後來	hòu lái	afterwards	3
胡	hú	from abroad	7
胡蘿蔔	hú luó bo	carrot	7
胡同	hú tòng	lane; alley	12
壺	hú	kettle	12
花市	huā shì	flower market	9
壞	huài	bad	6
壞處	huài chù	disadvantage	6
歡迎	huān yíng	welcome	2
還	huán	return	1
環	huán	ring; loop	3
環	huán	surround	10
環境	huán jìng	environment	10
換	huàn	exchange	3
黃瓜	huáng guā	cucumber	7
會所	huì suǒ	clubhouse	10
惠	huì	favour; benefit	11
婚	hūn	marriage	4

生詞	拼音	意思	課號
婚禮	hūn lǐ	wedding	4
活	huó	alive	8
活動室	huó dòng shì	recreation room	10
火車站	huǒ chē zhàn	train station	10
火腿	huǒ tuǐ	ham	7

J

生詞	拼音	意思	課號
几	jī	small table	12
機	jī	opportunity	11
機會	jī huì	opportunity	11
雞翅	jī chì	chicken wing	7
及	jí	reach	1
及格	jí gé	pass a test or examination	1
極	jí	extremely	7
急	jí	anxious	3
計	jì	calculate	2
計算	jì suàn	calculate	2
計算器	jì suàn qì	calculator	2
紀	jì	record	12
紀念	jì niàn	commemorate	12
紀念品	jì niàn pǐn	souvenir	12
跡	jì	ruins	12
濟	jì	aid; help	4
既	jì	as well as	12
既……又……	jì... yòu...	both...and...	12
寄養	jì yǎng	entrust to the care of	6
績	jì	achievement	1
夾	jiā	clip; folder	2
家常	jiā cháng	the daily life of a family	8
家務	jiā wù	household chores	5
價	jià	price	2
價錢	jià qián	price	2
減	jiǎn	reduce	2
減價	jiǎn jià	reduce the price	2
簡	jiǎn	simple	5
簡單	jiǎn dān	simple	5
見面	jiàn miàn	meet; see	4
件	jiàn	document	2
建	jiàn	build	1
建築	jiàn zhù	building; construction	12

生詞	拼音	意思	課號
健	jiàn	healthy	8
健康	jiàn kāng	healthy	8
健身	jiàn shēn	keep fit	10
健身房	jiàn shēn fáng	gym; fitness centre	10
交	jiāo	cross	1
交	jiāo	join (periods of time or places)	9
交接	jiāo jiē	connect	9
交通	jiāo tōng	transportation	10
交響樂	jiāo xiǎng yuè	symphony	1
交響樂隊	jiāo xiǎng yuè duì	symphony orchestra	1
蕉	jiāo	some broadleaf plants	7
餃子	jiǎo zi	dumpling	9
較	jiào	relatively	6
教室	jiào shì	classroom	1
接	jiē	receive	3
接	jiē	join	9
街	jiē	street	10
節	jié	festival	3
節日	jié rì	festival	9
結	jié	associate	4
結婚	jié hūn	marry; get married	4
介	jiè	between	1
介紹	jiè shào	introduce	1
界	jiè	bounds	4
借	jiè	borrow; lend	1
斤	jīn	jin, unit of weight (1/2 kilogram)	8
僅	jǐn	only	10
進	jìn	advance	6
進步	jìn bù	progress	6
經濟	jīng jì	economy	4
經濟艙	jīng jì cāng	(of ship or airplane) economy class	4
景	jǐng	scenery	11
景點	jǐng diǎn	scenic spot	11
警	jǐng	vigilant	10
警察	jǐng chá	police	10
淨	jìng	clean	5
境	jìng	place; land	10
鏡	jìng	glass	11
久	jiǔ	for a long time	5

生詞	拼音	意思	課號
舊	jiù	past; old	9
舅	jiù	mother's brother	4
舅媽	jiù mā	wife of mother's brother	4
局	jú	office; bureau	10
巨	jù	huge	12
具	jù	tool	2
聚	jù	get together	9
捲筆刀	juǎn bǐ dāo	pencil sharpener	2
捲心菜	juǎn xīn cài	cabbage	5

K			
咖啡	kā fēi	coffee	7
開心果	kāi xīn guǒ	pistachio	9
看中	kàn zhòng	settle on	3
康	kāng	healthy	8
考	kǎo	examine; test	1
考試	kǎo shì	examination; test	1
烤	kǎo	bake; roast	5
烤箱	kǎo xiāng	oven	12
烤鴨	kǎo yā	roast duck	8
可	kě	used for emphasis	9
渴	kě	thirsty	8
課程	kè chéng	course	1
課間	kè jiān	break (between classes)	1
課間休息	kè jiān xiū xi	break	1
空	kōng	the air; the sky	12
空調	kōng tiáo	air-conditioner	12
口	kǒu	mouth; taste	7
口味	kǒu wèi	taste	7
筷	kuài	chopsticks	5
款	kuǎn	style	3
款式	kuǎn shì	style	3
括	kuò	include	4

L			
蠟	là	candle	3
蠟燭	là zhú	candle	3
辣	là	spicy; hot	8
懶	lǎn	lazy	6
酪	lào	junket	7
樂意	lè yì	be willing to; be ready to	5

生詞	拼音	意思	課號
類	lèi	type	6
梨	lí	pear	7
禮物	lǐ wù	present; gift	3
理想	lǐ xiǎng	aspiration	4
力	lì	strength	1
立	lì	exist; live	5
聯	lián	couplet	9
廉	lián	cheap	11
練習	liàn xí	exercise; practice	2
練習本	liàn xí běn	exercise-book	2
良	liáng	good	5
糧	liáng	food	6
輛	liàng	a measure word (used for vehicles)	1
量	liàng	quantity; amount	2
聊	liáo	chat	1
聊天兒	liáo tiānr	chat	1
料	liào	material	8
另	lìng	other	11
另外	lìng wài	in addition	11
令	lìng	season	11
流	liú	spread	1
流行	liú xíng	popular	1
流行音樂	liú xíng yīn yuè	pop music	1
龍	lóng	dragon	1
龍蝦	lóng xiā	lobster	8
龍舟	lóng zhōu	dragon boat	8
爐	lú	stove; oven	12
路過	lù guò	pass by	10
路口	lù kǒu	intersection	10
輪	lún	steamboat	11
蘿蔔	luó bo	radish; turnip	7
旅	lǚ	travel	4
旅行	lǚ xíng	travel	4
旅行社	lǚ xíng shè	travel agency	10
旅遊	lǚ yóu	tour	4
綠茶	lǜ chá	green tea	7

M			
麻婆豆腐	má pó dòu fu	stir-fried bean curd in hot sauce	8
馬路	mǎ lù	road; street	10

生詞	拼音	意思	課號
買單	mǎi dān	pay the bill	8
慢	màn	slow	8
毛	máo	1/10 of a yuan	2
毛筆	máo bǐ	writing brush	2
莓	méi	certain kinds of berries	7
煤	méi	coal	12
煤氣	méi qì	coal gas; gas	12
煤氣爐	méi qì lú	gas stove	12
美洲	měi zhōu	American Continent	4
門	mén	door	1
迷	mí	be lost	10
迷路	mí lù	get lost	10
免	miǎn	exempt	12
免費	miǎn fèi	free (of charge)	12
面	miàn	aspect	6
民	mín	the people	3
名牌	míng pái	famous brand	10
名勝	míng shèng	scenic spot	12
名勝古跡	míng shèng gǔ jì	scenic spots and historical sites	12
明信片	míng xìn piàn	postcard	11
命	mìng	life	6
墨	mò	Chinese ink	2
墨水	mò shuǐ	Chinese ink	2
母	mǔ	mother	3
母親	mǔ qīn	mother	3
母親節	mǔ qīn jié	Mother's Day	3

N

生詞	拼音	意思	課號
拿	ná	take	3
哪兒	nǎr	wherever	4
奶酪	nǎi lào	cheese	7
耐	nài	be able to endure	5
耐心	nài xīn	patience	5
南	nán	south	4
南非	nán fēi	South Africa	4
南美洲	nán měi zhōu	South America	4
難忘	nán wàng	unforgettable	11
鬧	nào	noisy	9
內地	nèi dì	Mainland China	4
能	néng	ability	2

生詞	拼音	意思	課號
年底	nián dǐ	the end of the year	5
年糕	nián gāo	New Year cake	9
年貨	nián huò	special purchases for the Spring Festival	9
年夜	nián yè	lunar New Year's Eve	9
年夜飯	nián yè fàn	New Year's Eve dinner	9
念	niàn	think of	12
牛排	niú pái	beef steak	8
弄	nòng	make	6
努	nǔ	exert; strive	1
努力	nǔ lì	make effort	1
暖	nuǎn	warm	12
暖氣	nuǎn qì	heating	12
女兒	nǚ ér	daughter	4

O

生詞	拼音	意思	課號
歐	ōu	(short for) Europe	4
歐洲	ōu zhōu	Europe	4

P

生詞	拼音	意思	課號
怕	pà	be afraid	1
拍	pāi	take (a photo)	11
排骨	pái gǔ	spareribs	8
牌	pái	brand	10
牌	pái	playing cards	11
派對	pài duì	party	7
盤	pán	tray; plate	8
培	péi	cultivate; foster	6
培養	péi yǎng	foster	6
皮	pí	rubber	2
啤	pí	beer	8
啤酒	pí jiǔ	beer	8
脾	pí	spleen	5
脾氣	pí qi	temper	5
片	piàn	flat, thin piece	7
票	piào	ticket	9
品	pǐn	article; product	2
品嘗	pǐn cháng	taste	8
平	píng	common; ordinary	5
平時	píng shí	usually	5
蘋果	píng guǒ	apple	7

生詞	拼音	意思	課號
蘋果汁	píng guǒ zhī	apple juice	7
瓶	píng	bottle	2
葡萄	pú tao	grape	7

	Q		
妻	qī	wife	4
妻子	qī zi	wife	4
戚	qī	relative	4
期	qī	expect	11
期待	qī dài	expect	11
期間	qī jiān	time; period	11
齊	qí	all ready	2
齊全	qí quán	complete	2
其實	qí shí	actually	4
其中	qí zhōng	among (which / whom)	2
器	qì	implement	2
鉛	qiān	lead (in a pencil)	2
鉛筆	qiān bǐ	pencil	2
鉛筆盒	qiān bǐ hé	pencil case	2
錢	qián	money	2
牆	qiáng	wall	12
橋	qiáo	bridge	10
巧	qiǎo	coincidentally	2
巧克力	qiǎo kè lì	chocolate	7
親戚	qīn qi	relative	4
芹	qín	celery	7
芹菜	qín cài	celery	7
青	qīng	green; blue	8
青菜	qīng cài	green vegetables	8
情	qíng	situation	6
慶	qìng	celebrate	9
慶祝	qìng zhù	celebrate	9
區	qū	distinguish	2
區	qū	area	10
區別	qū bié	difference	2
去世	qù shì	pass away	4
全	quán	complete	2

	R		
熱鬧	rè nao	bustling	9
人類	rén lèi	mankind	6

生詞	拼音	意思	課號
人力車	rén lì chē	rickshaw	12
人民	rén mín	the people	3
人民幣	rén mín bì	RMB, Chinese currency	3
人人	rén rén	everyone	6
認	rèn	acknowledge	6
認為	rèn wéi	think	6
任	rèn	hold the post of	6
軟	ruǎn	soft	11
軟臥	ruǎn wò	soft sleeper	11

	S		
三文魚	sān wén yú	salmon	8
掃	sǎo	sweep; clear away	9
掃除	sǎo chú	cleaning; clean up	9
山	shān	hill; mountain	10
山腳	shān jiǎo	foot of a hill or mountain	10
扇	shàn	fan	12
善	shàn	good	5
善良	shàn liáng	kind-hearted	5
商	shāng	discuss	3
商量	shāng liang	discuss	3
商品	shāng pǐn	goods	2
賞	shǎng	admire; enjoy; appreciate	8
賞月	shǎng yuè	appreciate the bright full moon	8
燒	shāo	stew	8
社	shè	agency	10
嬸	shěn	wife of father's younger brother	4
升	shēng	raise; promote	9
生	shēng	raw	7
生菜	shēng cài	lettuce	7
生活	shēng huó	life	10
生氣	shēng qì	get angry	5
生魚片	shēng yú piàn	sashimi	7
勝	shèng	scenic spot	12
獅	shī	lion	9
十字路口	shí zì lù kǒu	crossroads	10
實惠	shí huì	economical	11
拾	shí	pick up	5
食品	shí pǐn	food	8
食物	shí wù	food	7

生詞	拼音	意思	課號
世	shì	world	4
世界	shì jiè	world	4
市場	shì chǎng	market	10
事情	shì qing	affair; matter	6
飾	shì	decoration; ornament	10
試	shì	test	1
試	shì	try	3
試衣間	shì yī jiān	fitting room	3
柿	shì	persimmon	5
適	shì	suit	3
適合	shì hé	suit	3
室外	shì wài	outdoor	10
收拾	shōu shi	tidy up	5
首	shǒu	head	10
首	shǒu	first	12
首都	shǒu dū	capital	12
首飾	shǒu shì	jewellery	10
壽司	shòu sī	sushi	7
售	shòu	sell	2
售貨員	shòu huò yuán	shop assistant; salesperson	2
舒適	shū shì	comfortable	11
蔬	shū	vegetables	7
蔬菜	shū cài	vegetables	7
暑期班	shǔ qī bān	summer school	11
薯	shǔ	potato; yam	7
薯片	shǔ piàn	chips; crisps	7
薯條	shǔ tiáo	French fries	7
束	shù	bunch; a measure word (used for flowers)	3
數碼	shù mǎ	digital	11
數碼相機	shù mǎ xiàng jī	digital camera	11
絲	sī	silk	3
絲	sī	anything threadlike	7
四川	sì chuān	Sichuan	11
送	sòng	give as a present	3
俗	sú	custom	9
算	suàn	calculate	2
隨	suí	let someone do what he likes	6
隨地	suí dì	anywhere; everywhere	6
所有	suǒ yǒu	all	2

生詞	拼音	意思	課號
		T	
太太	tài tai	Mrs.	8
太陽	tài yáng	sun	10
太陽鏡	tài yáng jìng	sunglasses	11
湯圓	tāng yuán	stuffed dumpling of glutinous rice flour served in soup	9
堂	táng	cousins having the same family name	4
堂弟	táng dì	sons of father's brothers	4
堂哥	táng gē	sons of father's brothers	4
糖	táng	sugar; candy	7
糖醋排骨	táng cù pái gǔ	sweet and sour spareribs	8
糖果	táng guǒ	candy	7
桃	táo	peach	7
桃花	táo huā	peach blossom	9
桃子	táo zi	peach	7
套房	tào fáng	apartment; suite	12
梯	tī	ladder; stairs	10
提	tí	put forward	1
提供	tí gōng	provide	1
體育用品	tǐ yù yòng pǐn	sports goods	10
天安門廣場	tiān ān mén guǎng chǎng	Tian'anmen Square	12
甜	tián	sweet	7
甜品	tián pǐn	dessert	7
調	tiáo	adjust	12
貼	tiē	paste; stick	9
停	tíng	park	1
停車場	tíng chē chǎng	parking lot	1
通	tōng	general; ordinary	8
通常	tōng cháng	usually	8
通過	tōng guò	by means of; through	6
童	tóng	child	10
統	tǒng	system	8
頭等	tóu děng	first class	4
頭等艙	tóu děng cāng	first-class cabin	4
途	tú	way	11
土	tǔ	soil	7
土豆	tǔ dòu	potato	7
團	tuán	unite	9
團聚	tuán jù	reunite	9

生詞	拼音	意思	課號
團圓	tuán yuán	reunion	9
腿	tuǐ	leg	7
退	tuì	return	3
退換	tuì huàn	exchange a purchase	3

W

生詞	拼音	意思	課號
外套	wài tào	coat	3
玩具	wán jù	toy	2
碗	wǎn	bowl	5
往	wǎng	towards	10
忘	wàng	forget	11
望	wàng	hope	9
微	wēi	micro	12
微波	wēi bō	microwave	12
微波爐	wēi bō lú	microwave oven	12
衛	wèi	guard; protect	12
衛生	wèi shēng	hygienic	12
衛生間	wèi shēng jiān	toilet	12
為了	wèi le	in order to	2
未	wèi	not yet	4
未來	wèi lái	future	4
味	wèi	taste	7
味道	wèi dào	taste; flavour	8
文房四寶	wén fáng sì bǎo	the four treasures of the study (writing brush, ink stick, inkstone and paper)	12
文件	wén jiàn	document	2
文件夾	wén jiàn jiā	file; folder	2
文具	wén jù	stationery	2
屋	wū	room; house	9
屋子	wū zi	room	9
無	wú	nothing	11
無聊	wú liáo	bored	11
無線網	wú xiàn wǎng	wireless network; Wi-Fi	12
五香牛肉	wǔ xiāng niú ròu	multi-spiced beef	8
舞龍	wǔ lóng	dragon dance	9
舞獅	wǔ shī	lion dance	9
物美價廉	wù měi jià lián	inexpensive but of fine quality	11

X

生詞	拼音	意思	課號
夕	xī	evening	9
西瓜	xī guā	watermelon	7

生詞	拼音	意思	課號
西紅柿	xī hóng shì	tomato	5
西蘭花	xī lán huā	broccoli	7
吸	xī	attract	2
吸	xī	inhale	12
吸塵器	xī chén qì	vacuum cleaner	12
吸引	xī yǐn	attract	2
希	xī	hope	9
希望	xī wàng	hope	9
習	xí	be accustomed to	4
習	xí	habit	9
習慣	xí guàn	be accustomed to	4
習俗	xí sú	custom	9
洗衣機	xǐ yī jī	washing machine	12
蝦	xiā	shrimp	8
下課	xià kè	finish class	1
夏令營	xià lìng yíng	summer camp	11
先生	xiān sheng	Mr.	8
鮮	xiān	fresh	3
鮮花	xiān huā	fresh flowers	3
鹹	xián	salty	7
現代	xiàn dài	modern	12
現金	xiàn jīn	cash	3
線	xiàn	route	10
線	xiàn	wire	12
相信	xiāng xìn	believe	11
香	xiāng	fragrant	3
香	xiāng	spice	8
香草	xiāng cǎo	vanilla	8
香草冰淇淋	xiāng cǎo bīng qí lín	vanilla ice cream	8
香腸	xiāng cháng	sausage	7
香蕉	xiāng jiāo	banana	7
香水	xiāng shuǐ	perfume	3
箱	xiāng	box; case	11
響	xiǎng	sound	1
想	xiǎng	miss	5
想家	xiǎng jiā	homesick	5
向	xiàng	towards	10
相機	xiàng jī	camera	11
象	xiàng	image	12

生詞	拼音	意思	課號
像	xiàng	be alike	11
橡	xiàng	rubber tree	2
橡皮	xiàng pí	rubber	2
小便	xiǎo biàn	pee	6
小姐	xiǎo jiě	Miss (a respectful term of address for a young woman)	3
小賣部	xiǎo mài bù	tuck shop	1
小區	xiǎo qū	a housing estate	10
小姨	xiǎo yí	mother's youngest sister	4
新年	xīn nián	New Year	9
新鮮	xīn xiān	fresh	12
信	xìn	letter; mail; believe	11
興奮	xīng fèn	be excited	11
行	xíng	be current	1
行李	xíng li	luggage	11
幸	xìng	good fortune	6
幸運	xìng yùn	fortunate	6
性	xìng	character	5
性格	xìng gé	character	5
熊	xióng	bear	11
選	xuǎn	choose	6
選擇	xuǎn zé	choose	6
學期	xué qī	school term	2
學習	xué xí	study; learn	1

生詞	拼音	意思	課號
Y			
壓	yā	press	9
壓歲錢	yā suì qián	money given to children as a New Year gift	9
鴨	yā	duck	8
亞	yà	(short for) Asia	4
亞洲	yà zhōu	Asia	4
煙	yān	smoke	9
煙花	yān huā	fireworks	9
嚴	yán	strict	5
嚴格	yán gé	strict	5
沿	yán	along	10
演	yǎn	perform	4
演員	yǎn yuán	actor; actress	4
羊	yáng	sheep; goat	8
羊肉	yáng ròu	lamb	8

生詞	拼音	意思	課號
陽	yáng	sun	10
陽台	yáng tái	balcony	12
洋	yáng	ocean	4
樣	yàng	a measure word; type; variety	7
要	yào	need; should	3
要	yào	want	8
要命	yào mìng	extremely	6
要是	yào shi	if	8
要是……，就……	yào shi…, jiù…	if	8
醫藥	yī yào	medicine	6
醫藥費	yī yào fèi	medical expenses	6
一定	yí dìng	certainly	3
姨夫	yí fu	husband of mother's sister	4
姨媽	yí mā	(married) mother's sister	4
頤和園	yí hé yuán	Summer Palace	12
一口氣	yì kǒu qì	at one go	8
一條龍學校	yì tiáo lóng xué xiào	K-12 school	1
一些	yì xiē	some	2
一直	yì zhí	straight	10
一直	yì zhí	always	11
意大利	yì dà lì	Italy	7
意大利麵	yì dà lì miàn	spaghetti	7
引	yǐn	attract	2
飲	yǐn	drink	8
飲料	yǐn liào	drink; beverage	8
印	yìn	print	12
印象	yìn xiàng	impression	12
迎	yíng	welcome	2
迎接	yíng jiē	welcome; greet	9
營	yíng	camp	11
硬	yìng	hard	11
硬臥	yìng wò	hard sleeping berth	11
用	yòng	eat; drink	8
用品	yòng pǐn	articles for use	10
優	yōu	excellent	10
優美	yōu měi	beautiful	10
郵局	yóu jú	post office	10
遊輪	yóu lún	cruise	11

生詞	拼音	意思	課號
有的	yǒu de	some	4
有名	yǒu míng	well-known	7
有些	yǒu xiē	some	3
右手	yòu shǒu	right hand	10
幼	yòu	young	1
幼兒園	yòu ér yuán	kindergarten	1
餘	yú	surplus	9
預防	yù fáng	take precautions against	6
寓	yù	residence	12
月	yuè	moon	8
月餅	yuè bing	moon cake	8
月亮	yuè liang	moon	8
越來越	yuè lái yuè	become more and more	5
運	yùn	luck	6
運氣	yùn qi	luck	11

Z

生詞	拼音	意思	課號
髒	zāng	dirty	6
責	zé	duty	6
責任	zé rèn	responsibility	6
責任心	zé rèn xīn	sense of responsibility	6
擇	zé	choose	6
炸	zhá	deep-fry	7
宅	zhái	residence	10
丈	zhàng	form of address of certain male relatives by marriage	4
丈夫	zhàng fu	husband	4
着	zháo	feel	3
着急	zháo jí	feel anxious	3
找	zhǎo	give change	2
照	zhào	take care of	5
照	zhào	take a picture	11
照顧	zhào gù	look after	5
照片	zhào piàn	photo; picture	11
折	zhé	discount	2
這麼	zhè me	so; such	11
着	zhe	a particle	9
針	zhēn	injection	6
真絲	zhēn sī	pure silk	3
正	zhèng	main	1
正	zhèng	exactly	9

生詞	拼音	意思	課號
正門	zhèng mén	front door; main entrance	1
正巧	zhèng qiǎo	happen to	11
枝	zhī	a measure word (used for long, thin, inflexible objects)	2
紙	zhǐ	paper	5
至	zhì	go as far as	2
至少	zhì shǎo	at least	6
質	zhì	quality	2
質量	zhì liàng	quality	2
中秋節	zhōng qiū jié	the Mid-Autumn Festival (15th day of the 8th lunar month)	8
中藥	zhōng yào	traditional Chinese medicine	10
忠	zhōng	loyal	6
忠誠	zhōng chéng	loyal	6
重	zhòng	attach importance to	9
重視	zhòng shì	attach importance to	9
舟	zhōu	boat	8
周圍	zhōu wéi	around	10
洲	zhōu	continent	4
竹	zhú	bamboo	9
燭	zhú	candle	3
助	zhù	help	5
住宅	zhù zhái	residence	10
住宅小區	zhù zhái xiǎo qū	a housing estate	10
著	zhù	show	11
著名	zhù míng	famous	11
築	zhù	build; construct	12
轉	zhuǎn	turn	10
準	zhǔn	according to	9
準備	zhǔn bèi	prepare	9
自助	zì zhù	self-service	7
自助餐	zì zhù cān	buffet	7
總	zǒng	sum up	12
粽子	zòng zi	pyramid-shaped dumpling made of glutinous rice, traditional food for the Dragon Boat Festival	8
最好	zuì hǎo	had better	3
左手	zuǒ shǒu	left hand	10
座	zuò	a measure word (used for large and solid things)	1

相關教學資源 Related Teaching Resources

歡迎瀏覽網址或掃描二維碼瞭解《輕鬆學漢語》《輕鬆學漢語
(少兒版)》電子課本。

For more details about e-textbook of *Chinese Made Easy,
Chinese Made Easy for Kids*, please visit the website or scan
the QR code below.
http://www.jpchinese.org/ebook